天劍無缺 천검무결

매은 新무협 판타지 소설
FANTASTIC ORIENTAL HEROES

첫검무결 4

매은 新무협 판타지 소설

초판 1쇄 찍은 날 § 2009년 9월 9일
초판 1쇄 펴낸 날 § 2009년 9월 14일

지은이 § 매은
펴낸이 § 서경석

편집장 § 문혜영
편집책임 § 서지현
편집 § 문정흠

펴낸곳 § 도서출판 청어람
등록번호 § 제1081-1-89호
등록일자 § 1999. 5. 31
어람번호 § 제2-1812호

주소 § 경기도 부천시 원미구 심곡2동 163-2 서경B/D 3F (우) 420-822
전화 § 032-656-4452 팩스 § 032-656-4453
http://www.chungeoram.com
E-mail § eoram99@chollian.net

ⓒ 매은, 2009

ISBN 978-89-251-1920-5 04810
ISBN 978-89-251-1833-8 (세트)

※ 파본은 구입하신 서점에서 교환하여 드립니다.
※ 저자와 협의하여 인지를 붙이지 않습니다.
※ 이 책은 도서출판 청어람과 저작자의 계약에 의해 출판된 것이므로,
  무단 전재 및 유포·공유를 금합니다.

매은 新무협 판타지 소설
FANTASTIC ORIENTAL HEROS

천검무결
天劍無缺
4

나쁜 사람

目次

제1장	구출	7
제2장	권왕의 분노	63
제3장	할 수 없는 말	97
제4장	현죽선녀	137
제5장	나쁜 사람	171
제6장	마왕, 황종류	209
제7장	엇갈리는 마음	243
제8장	삼왕쟁선(三王爭先)	279

"웬 놈이냐!"

도검을 빼 든 수행원들의 통솔자, 호북양가의 경비를 담당하고 있는 권첨(權詹)이 소리쳤다. 지금은 호북양가에 의탁하고 있으나 한때 금의위 소속으로 황실 무공을 익힌 고수였다.

그러나 모용천은 대답하지 않고 남궁미인을 향해 한 걸음 내디뎠다. 놀랍게도 그와 동시에 모용천에게 겨누어진 검들이 일제히 뒤로 물러나는 것이었다. 내공이 일천한 대부분의 수행원들도 알아챌 만큼 모용천의 기도는 압도적이었다.

"물러나시오!"

감히 모용천을 막지 못하고 물러난 자리를 백의인들이 채우고 나섰다. 남궁선과 남궁겸을 위시한 십여 명의 남궁세가 무인들이었다.

그중에서도 역시 빼어난 자는 남궁선이었다. 남궁익 이전에 이미 남궁세가를 대표하는 고수 중 한 사람이었으니, 오랜 세월 함께해 온 애검 소청검(素淸劍)의 기세가 눈부셨다.

"예가 어디라고 행패를 부리는 게냐! 매운맛을 보기 전에 썩 무릎을 꿇지 못할까!"

내공이 충만한 호통 소리가 호북양가의 안뜰을 뒤흔들었다. 모용천은 눈살을 찌푸리며 대답했다.

"행패를 부린 적은 없소. 멋대로 말하지 마시오."

"뭐, 뭐라?"

"저 안에 타고 계신 분과 얘기나 하러 왔으니 비키시오."

모용천은 거침없이 말하고 다시금 한 발을 내디뎠다.

"가, 감히……!"

칠십 평생 대접만 받아온 남궁선이다. 제 손자들보다 어린 모용천에게 이런 수모를 당했으니 화가 머리끝까지 치밀어 올랐다.

"노부의 손속이 과하다 욕하지 마라! 다 네놈이 자초한 일이다!"

길게 소리치며 남궁선의 신형이 모용천에게로 쏘아졌다. 본래 두 사람의 배분을 따지자면 남궁선이 모용천에게 선수가 아니라 십 초를 양보해도 모자랄 판이다. 사실 아무리 화가 난들 남궁선이 까마득한 후배에게 손을 쓴다는 것부터가 어불성설이다.

하나 이 모든 것은 어디까지나 강호의 이야기다. 지금 이들이 있는 곳은 강호가 아니라, 대대로 공신을 배출한 권문세가의 안뜰이다. 지금 남궁선의 눈에 모용천은 무례한 후배가 아니라 사돈댁에 발을 들인 침입자요, 행사를 방해하는 죄인인 것이다.

쉬익!.

매서운 소리를 내며 소청검이 모용천의 어깨를 노렸다.

모용천을 멋대로 하게 놔두는 것도, 과한 처사를 행하는 것도 모두 다 남궁세가의 체면을 깎아먹는 일이다. 최대한 신속하게, 그러면서도 가볍게 제압해야 했다.

카앙!

언제 빼 들었는지 모용천의 손에 한 자루 검이 들려 있었다. 소청검이 허공에서 불꽃을 일으키며 튕겨져 나갔다.

"허어!"

신법의 표홀함을 보아 한가락 할 거라곤 예상했으나 모용천의 대응은 그 이상이었다. 가볍게 놀라며 남궁선은 검속을 한층 더하였다.

쉬쉬쉭!

남궁선의 검극이 일시에 모용천의 양어깨와 가슴, 세 군데를 노리고 들어왔다.

'까다롭다!'

가벼운 한 수에도 세월의 무게가 느껴진다. 모용천은 혀를 내두르며 남궁선이 노리는 세 점을 하나의 선으로 이었다.

카카캉!

날카로운 소리와 함께 세 차례 불꽃이 튀었다.

어쩔 수 없이 물러난 남궁선의 얼굴에 낭패감이 가득했다. 손속에 너무 사정을 두었던 것일까? 아니다. 첫수는 몰라도 두 번째 일시삼검(一時三劍)은 오성 공력을 기울인 수법이었다. 이 솜털도 마르지 않은 애송이가, 그것도 아주 수월히 막았으니 놀랄 수밖에 없었다.

무엇보다 이러한 공방이 양씨 부부의 눈앞에서 벌어졌다는 사실이 문제였다.

"네놈… 정체가 무엇이냐?"

남궁선이 잔뜩 경계하며 물었다. 그러나 모용천은 대답 대신 다른 말을 했다.

"노선배의 검로는 남궁세가의 것이군. 남궁 소저를 구하러 온 것이오?"

"뭐라?"

의외의 말에 남궁선이 눈살을 찌푸렸다. 그 틈을 타 남궁겸이 끼어들었다.

"잠깐, 잠깐! 두 분은 모두 검을 거두십시오! 무슨 오해가 있는 것 같습니다!"

"오해라니? 네 녀석은 무슨 소리를 하는 게냐?"

남궁선이 눈을 부라렸다.

"그게 아니라, 아……."

남궁겸은 스스로 순발력이 떨어진다고 생각해 본 적이 없었다. 어떤 돌발 상황에도 당황하지 않고 처리해 내는 능력이야말로 차기 가주에 어울리는 것이라는 자부심이 이 순간 무너져 내리는 것이었다.

"어, 어쨌든 오해가 있나 봅니다. 상장로님, 저자가 바로 무애검이라고 알려진 모용천, 모용 공자입니다."

"뭐라?"

모용천이라는 이름은 당대 제일 화제에 오르는 이름이다.

몰락한 모용세가의 후예, 그 무공의 연원을 어디에서도 찾을 수 없다는 신비인.

후기지수를 넘어 단숨에 절정고수의 반열에 오른, 수왕의 마음을 사로잡고 빙왕을 구한 자.

그 이름은 남궁세가의 높은 담벼락도 훌쩍 뛰어넘었으니

남궁선도 익히 알고 있었다. 물론 애송이 하나를 두고 이 무슨 호들갑이냐며, 과장도 정도껏 해야지 코웃음 쳤던 것도 사실이다.

'과장이 섞이긴 했어도 이 정도라면······.'

남궁선이 속으로 감탄하는 사이, 남궁겸은 모용천을 향해 포권의 예를 취했다.

"모용 공자, 오랜만이오. 그간 잘 지내셨소?"

남궁겸은 모용천을 모용 소협이라며 은연중 그를 낮추어 불렀었다. 그러나 지금은 남궁세가의 장원도 아니요, 상황도 긴박하기 짝이 없어 감히 낮추어 부를 수가 없었다.

그러나 모용천은 남궁겸이 자신을 어떻게 부르든 눈곱만치도 관심이 없었다. 모용천은 포권의 예도 취하지 않고 대답했다.

"잘 지내고 말 것도 없소. 남궁 형, 그대는 여동생을 구하러 온 것이오? 그렇다면 마침 잘되었소."

남궁겸은 비로소 모용천이 무슨 생각으로 호북양가에 뛰어들었는지 알 수 있었다.

일이 꼬여도 단단히 잘못 꼬였다!

남궁겸은 두 손을 크게 휘저으며 말했다.

"아니, 아니오! 그게 아니오!"

모용천이 한쪽 눈을 치켜떴다.

"아니라니, 뭐가 아니란 말이오?"

"아니, 그게……!"

자초지종을 말하려던 남궁겸은 시작부터 말문이 탁, 막히고 말았다. 어떻게 이야기하든 지금 남궁겸은 제 여동생의 죽음을 종용하고 방조하러 온 게 된다.

"대체 뭐 하는 거요? 어서 저자를 잡아 죽이시오! 예가 어디라고 감히……!"

남궁겸이 머뭇거리는 사이 양가주가 소리쳤다. 놀라움이 가라앉은 대신 머리끝까지 노기가 치밀어 오른 듯했다. 모용천이 곧바로 응대했다.

"노인장은 빠지시오! 나는 남궁 형과 이야기하고 있으니!"

"……!"

남궁선과 남궁겸의 얼굴에 핏기가 가셨다. 모용천의 눈에야 좀 좋은 옷을 입은 노인네겠지만, 그가 함부로 대한 자는 정이품 상서를 지낸 권문세가의 가주이다. 비록 지금은 요직에서 물러났으나 그의 입김은 아직도 조정에 미치니 호북성에서는 나는 새도 떨어뜨리는 권력자란 말이다.

"네, 네놈이 감히……!"

양가주는 남궁선보다 훨씬 더 이런 대접이 낯선 이다. 말도 잇지 못하고 양가주는 두 손을 부들부들 떨었다.

"예가 어느 안전이라고! 더 이상 두고 볼 수가 없구나!"

남궁선이 크게 소리치며 소청검을 다시 꺼내 들었다. 남궁겸도 두 눈을 질끈 감았다. 더 이상은 수습할 수 없는 상황이다.

"모두 쳐라!"

두 사람과 함께 온 세가의 무사들은 모두 열 명. 다들 중수 이상 가는 검의 달인이다. 이들에 자신과 남궁선을 더한다면, 어떻게 모용천 한 사람쯤은 제압할 수 있을 것이다!

"무슨 소리냐! 나 하나로 충분하다!"

남궁겸이 명령을 내리자 우습게도 남궁선이 버럭 화를 냈다. 어떻게든 모용천을 신속히 제압해야 하는 상황과 무림인으로서의 자존심이 충돌한 것이다.

"하지만……!"

반박하는 남궁겸의 목소리가 잦아들었다. 세가의 무사들이 두 사람 중 어느 장단에 맞춰야 할지 망설이는 사이, 그 틈을 모용천이 파고든 것이다.

쉐에엑!

실제로 들릴 리 없는 소리는 눈이 불러일으킨 착각이다. 모용천의 몸이 몇 장 거리를 단숨에 건너 남궁겸의 품으로 파고들었다.

"……!"

미처 검을 뽑을 새도 없었다. 남궁겸은 두 손바닥을 모아 모용천의 좌장을 받아냈다.
 쾅!
 커다란 소리와 함께 남궁겸의 몸이 허공으로 떠올랐다.
 "고얀 놈!"
 남궁선이 일갈하며 모용천에게 달려들었다. 모용천은 달려드는 남궁선을 힐끗 보며, 오른손을 위로 뻗어 허공에 뜬 남궁겸을 잡아챘다.
 남궁겸을 통타한 왼손에는 어느새 검이 들려 있었다. 모용천은 검을 든 채 왼팔을 뒤로 뻗으며, 그 반동으로 잡아챈 남궁겸을 던졌다.
 퍼퍽!
 달려오던 남궁선과 던져진 남궁겸이 부딪치고, 두 사람은 한데 얽혀 나가떨어졌다.
 쉬쉭!
 남궁겸을 던지는 동작이 필요 이상으로 컸을까? 모용천의 뒤를 유령처럼 점한 자가 있었다. 바로 호북양가의 경비 책임자, 권첨이었다.
 남궁세가의 검이 지닌 선 굵은 무학은 아니었지만, 모용천의 뒤를 점한 신법은 실로 정묘하였다. 풍문으로만 전해지던 황궁 무학이 편린이나마 무림인들의 눈앞에 드러난 순간이었다.

쉬익!

권첨의 눈앞에 모용천의 등이 넓게 펼쳐졌다. 새 부리 모양을 한 손끝이 등 한가운데, 명문혈(命門穴)을 찍었다. 황포백학(黃袍白鶴)! 저 유명한 소림오권 중 학권이 황궁의 공부와 만나 탄생한 비공(秘功)이다. 모용천의 뒤를 점했던 신법, 유령환신(幽靈換身)과 함께 권첨을 지탱해 온 절학이었다.

"……?"

그러나,

손을 뻗은 권첨의 표정이 묘했다. 바로 눈앞에 있는 명문혈일진데, 닿지를 않는 것이다. 마치 권첨 자신이 뒤로 물러나는 것처럼 느껴지고 있었다.

스르륵—

당연히 그것은 착각이었다. 명문혈을 찍는 황포백학 일초보다 빠르게 모용천의 몸이 앞으로 이동한 것이다. 권첨 자신이 물러나는 것처럼 느껴진 것은 모용천이 얼음 위를 미끄러지듯 미동도 없었기 때문이다.

경공과 신법에 있어 당대제일.

밤을 건너는 자, 도야객의 독문 신법인 월공도야(越空渡夜)가 모용천을 통해 펼쳐진 것이다.

반생을 금의위 소속으로, 그 뒤로는 호북양가에서 지내온 권첨으로서는 듣도 보도 못한 신법이다. 아니, 권첨뿐 아니라 웬만한 무림인은 그런 신법이 있는 줄도 모를 것이다. 도야객이 위협을 느껴 월공도야를 펼친 것은 근 십 년 새 단 한 번, 바로 모용천을 떨쳐 내기 위해서였으니 말이다.

　허공을 찍은 황포백학.

　손끝에서 일 촌도 채 안 되는 곳에 모용천의 명문혈이 있었다. 그러나 권첨은 쭉 뻗은 팔을 더 늘리는 재주를 가지고 있지 않았다.

　스르륵―

　허탕을 친 백학이 목을 접음과 동시에 모용천의 명문혈이 다시금 제자리로 돌아왔다. 모용천은 앞으로 이동했던 것처럼 그대로 미끄러져 돌아온 것이다. 손끝에서 일 촌의 거리를 유지하는 재주가 고약하다. 약이 올라 환장할 지경일 터이나 행인지 불행인지, 권첨에게는 그럴 여유가 주어지지 않았다.

　콰직!

　돌아보지도 않고 모용천이 팔꿈치를 뒤로 밀었다. 아직 새부리 형상을 유지하던 권첨의 손가락이 팔꿈치에 부딪쳤다.

　"으헉!"

　다섯 손가락이 서로 다른 방향으로 꺾이고 권첨은 비명을 질렀다. 동시에 모용천이 빙글, 몸을 돌렸다.

　팍! 팍!

　모용천의 우장이 권첨의 양어깨를 강타했다. 비명도 지르지 못하고 나가떨어진 권첨! 바닥에 앉아 혼절한 그의 두 팔이 덜렁거리고 있었다.

"…저, 저런!"

호북양가의 무사들이나 남궁세가의 무사들이나 일련의 과정을 고스란히 본 자가 없었다. 그러나 모용천이 잠깐 사이 아주 손쉽게 세 사람의 고수를 제압했다는 사실 하나만으로도 놀라기에는 충분했다.

"뭐, 뭣들 하느냐! 네놈들, 이 쓸모없는 것들!"

멀찍이 물러난 양가주가 길길이 날뛰었다. 그러나 호북양가의 무사들은 머뭇거릴 뿐, 빼 든 병장기가 무색할 지경이었다. 십여 명이 한꺼번에 달려들어도 옷깃 하나 잡지 못했던 권첨이다. 그런 권첨을 제압한 모용천이니 자연 달려들 엄두도 나지 않는 것이다.

"이익! 네 이놈!"

마찬가지로 망설이던 남궁세가 무사들의 뒤에서부터 분노에 찬 고함 소리가 들려왔다. 남궁겸과 부딪치며 나가떨어진 남궁선이 일어선 것이다. 그 뒤를 남궁겸이 따르고 있었다.

격산타우(隔山打牛)의 수법도 아니고, 단순히 던져진 남궁겸에 맞았을 뿐이니 기실 남궁선은 타격을 입은 게 아니었다. 남궁겸 또한 두 손바닥으로 모용천의 좌장을 막았고, 순간 도

약해 위력을 분산시켰던 바, 권첨과 달리 두 사람은 멀쩡했다.

그러나 겉으로 멀쩡한 것이 무에 소용일까? 무림세가의 힘을 보여주고 믿음을 주어야 할 사돈댁 앞에서 당한 망신은 어떠한 내상보다 깊은 것이었다. 차라리 눈에 보이는 타격을 입었으면 모를까, 그도 아니면서 꼴사납게 나가떨어진 건 차라리 팔 하나 잘리느니만 못한 일이다.

남궁선은 모용천을 향해 소청검을 겨누었다. 이제는 경시하는 마음도, 손속에 사정을 둘 생각도 싹 사라진 터다.

쉐에엑!

살기가 호북양가의 드넓은 안뜰을 가득 메웠다. 무공을 모르는 호북양가의 식솔들조차 온몸에 소름이 돋을 정도였다.

남궁세가의 상장로, 청강과검 남궁선.

절정고수인 그가 몇 배분이나 낮은 모용천을 향해 전력을 일으킨 것이다.

사사삭!

동시에 남궁겸의 손짓을 따라 남궁세가의 무사들이 빠르게 움직였다. 남궁겸까지 열한 자루의 검이 각기 다른 방위를 점하며 모용천을 에워쌌다.

검진의 중앙, 모용천의 정면에 선 남궁선이 입을 열었다.

"세가의 참룡검진(斬龍劍陳)이다. 이 자리에서 죽을 것인지

세가로 압송되어 죄를 뉘우칠 것인지, 하나를 택하라!"

남궁세가의 참룡검진!

무당의 칠성검진(七星劍陳), 화산의 설상매화검진(雪上梅花劍陳)과 함께 무림삼대검진이라고 일컬어지는 남궁세가의 절기! 이름 그대로 용을 벤다는 가정하에 만들어진 검진이다. 물론 용을 상대할 일은 없으니, 실제로는 그에 상응하는 절정고수나 두 배 이상의 다수를 상대하기 위한 검진이라야 할 것이다.

그러니 모용천 한 사람을 상대로 발동한 것은 실로 부끄러운 일이라 할 수 있었다. 하나 지금은 체면을 돌볼 때가 아니었다.

시급한 것은 양가주의 싸늘한 시선을 돌리는 것이었다.

"…어서!"

무림인이 아니라, 지금은 남궁세가의 일원으로 행동해야 할 때이다. 경고하는 남궁선의 음성이 한없이 무거웠다.

한편 모용천은 남궁겸들을 이해할 수 없었다. 남궁미인은 그들에게 여동생이며 또한 손녀일진대, 어째서 자신을 막아서는 것일까?

'이자들이……!'

물론 모용천은 참룡검진이 무엇인지 이름조차 들어보지 못했다. 하나 자신을 둘러싼 검들이 각기 어떠한 위치에서 어떠한 역할을 할 것이며, 이들이 발동하였을 때 얼마만큼의 위력을 낼지는 대략 짐작할 수 있었다.
필살(必殺)의 검진이다.
안목이 없어도 본능으로 알 수 있다. 지난번 항불 한 사람에게 깨어졌던 검진과는 격이 다르다.
"굳이 피를 봐야 물러날 것인가!"
그러나 두렵지는 않다. 오히려 경고하고 나선 것은 모용천이었다.
"건방진······!"
참룡검진의 이름을 듣고도 오히려 자신을 협박하다니! 무식한 건지 아니면 용감한 건지, 남궁선은 이해할 수가 없었다. 눈앞의 애송이는 도대체 스스로를 뭐라 여기기에 저리도 광오하단 말인가?
"제 놈이 십왕이라도 되는 줄 아는구나! 그렇다면 사정 봐줄 것 없지. 모두 쳐라!"
남궁선의 고함 소리와 함께 열두 자루의 검에 살기가 번쩍였다. 열두 자루의 검이 모용천을 덮쳐 오니, 말 그대로 비가 내리는 것 같았다.
그러나 빈틈없는 검우(劍雨) 속에도 약한 부분이 분명 있다. 비구름이 하늘을 덮었을 때 내리는 한 줄기 빛이 선명하듯 모용천의 감각이 절로 한 곳을 향하였다.

열 명의 무사 중 검진에 익숙지 아니한 자가 있다.

빛에 이끌리듯 모용천의 검이 그를 향했다.

캉! 카앙!

바닥을 부수고 또 서로 부딪치는 검신들! 모용천의 신형이 실체가 없는 듯 움직이며 한 무사의 정면에 나타났다. 상대적인 속도의 차이일까? 무사의 얼굴에 놀라움과 분노, 두려움이 차례로 스쳐 지나갔다. 동시에 모용천의 검이 번뜩이는 순간!

"잠깐! 모두 멈추세요!"

단호한 목소리가 귀를 파고들었다. 모용천은 자신도 모르게 검을 회수하였다.

서걱—

있어서는 안 될, 있을 수 없는 잠깐의 머뭇거림.

남궁겸의 검이 모용천의 왼 소매를 자르며 긴 상처를 남겼다. 아홉 자루의 검이 퇴로를 막고, 물러나는 남궁겸의 검과 교차하여 남궁선의 검이 모용천의 목을 노리고 들어왔다.

카카카캉!

모용천이, 아니, 그의 아버지가 태어나기도 전부터 검을 쥐어 온 사내다. 한 수도 허투루 볼 수 없다. 모용천은 전력을 다해 네 번의 검격을 막아냈다.

스르륵—

남궁선의 검격을 막아내며 모용천은 월공도야를 다시금

펼쳤다. 모용천의 신형이 그대로 열 한 자루 검 사이를 빠져나가 멀찍이 물러나 섰다. 실로 순식간의 일이었다.

"……."

검진을 빠져나온 모용천의 얼굴이 어두웠다. 한 번의 출수를 도중에 거두어들인 대가는 말할 수 없이 컸던 것이다. 훤히 드러난 모용천의 왼팔을 타고 한 줄기 피가 흘러내렸다.

모용천에게 상처를 입힌 목소리가 다시 들렸다.

"모두 멈추고 검을 거두어들이세요."

목소리는 안뜰의 구석, 수행원들에게 둘러싸인 마차 안에서 들려온 것이다.

잊을 수 없고, 또 거역할 수 없는 목소리다.

"무슨 소리를 하는 게냐!"

남궁선이 크게 소리쳤다. 누군가에게는 거역할 수 없을지라도 그것이 남궁선은 아니었다.

목소리는 다시 그런 남궁선에게로 향했다.

"호북양가의 이름으로 명합니다. 검을 집어넣으세요."

목소리는 단호하게 남궁선을 압박했다. 남궁선의 얼굴 위로 노기가 잔뜩 피어올랐다.

"네가 감히……!"

"말씀을 삼가시지요. 저는 호북양가의 사람입니다."

"……!"

남궁선의 얼굴이 붉다 못해 파래졌다. 남궁겸이 다가와 말했다.

"일단은 미인이의 말을 따라야 할 것 같습니다."

"이 상황에서 무슨 말이냐, 그게!"

남궁선이 분통을 터뜨렸다. 분하기는 남궁겸도 마찬가지였지만, 지금은 냉정해야 할 때였다.

"지금 온 무림이 주목하는 자입니다. 무림맹이 저자에게 무엇을 주려는지 모르는 이가 없을 정돕니다. 여기서 더 하면 결과가 어떻든 세가의 이름에 먹칠을 하는 짓입니다."

남궁겸의 말이 정확했다.

단순한 신진 고수가 아니다. 구파일방을 합류시킨 무림맹과 오대세가 사이에 벌어지고 있는 보이지 않는 전쟁. 그 첨단에 서 있는 자가 바로 모용천이다. 구파일방과 오대세가로 대변되는 무림을 단숨에 과거의 유물로 만들고, 그들의 그늘에서 벗어나 신창권문과 우진을 중심으로 한 새로운 무림. 모용천은 이제 그 무림맹이 지향하는 새로운 무림의 상징이나 마찬가지가 되어버린 것이다(물론 이 과정에서 모용천의 의지는 전혀 고려되지 않았으나).

그리고 이제 무림맹은 모용천을 위해 오대세가를 육대세가로 바꾸려 한다. 그 사실을 모르는 이가 없었고, 또 그것이 노리는 바가 기존의 오대세가임을 모르는 이도 없었다.

이런 때에 오대세가의 수장 격이라 할 남궁세가가 제 사돈 댁 안뜰에서 모용천을 핍박하였음이 어찌 비칠 것인가? 정당한 비무도 아니다. 열두 명이 검진을 짜고 한 사람을 상대하였으니 어떤 말도 먹히지 않을 게 분명했다.

남궁선도 남궁겸의 말에 수긍할 수밖에 없었다.

끄응, 하며 남궁선이 불만스러운 표정으로 입을 다물자 마차 안에서 다시금 남궁미인의 목소리가 들렸다.

"길을 터주세요. 이야기를 하겠습니다."

마차 앞을 지키고 선 수십 명의 수행원들이 어쩔 줄 몰라 하며 서로를 돌아보고, 다시 양가주를 바라봤다. 당황한 가주와 달리, 안주인인 노부인은 당당히 말했다.

"뭣들 하느냐? 너희들의 주인이 명하지 않았느냐?"

노부인의 명이 떨어지기 무섭게 수행원들이 양쪽으로 갈라졌다. 마차로 가는 길이 열린 것이다.

"거참, 고맙군."

모용천은 중얼거리고 남궁선과 남궁겸을 지나쳐 마차로 향했다. 피를 잃어서일까? 한 발, 한 발. 마차가 가까워질수록 심장은 급히 뛰었다.

몇 발짝 가지 않아 모용천은 마차 앞에 섰다. 땅을 제대로 밟은 것이 두 발이나 될까? 날듯이 뛴 것도 아니고, 걷듯이 난 것이다.

안에서 남궁미인의 목소리가 들렸다.
"다시 보게 될 줄은 몰랐어요."
"아직 다시 보지는 못했소."
"안에서는 밖이 보인답니다. 나는 당신을 볼 수 있어요. 많이… 다쳤나요?"
마지막 음성이 가늘게 떨렸다. 모용천은 고개를 저었다.
"별거 아니오."
"미안해요, 나 때문에."
"미안해할 필요없소. 내가 미숙한 탓이니."
"……."

너나 할 것 없이 애써 담담한 어조는 오히려 더 큰 애정의 증거였다. 가주 내외를 비롯한 호북양가의 수많은 식솔들이 귀를 쫑긋 세우고 있으니 어찌 모르겠는가. 남궁겸은 대경실색, 뒤로 넘어갈 지경이었다.

'저들이 대체 언제… 아니, 그보다 사돈댁에서 무슨 말을 할지 실로 두렵다! 숙조 어른의 말씀대로 입을 열기 전에 죽여 버렸어야 했구나! 아니, 그보다……!'

남궁겸의 손이 절로 칼자루를 쥐었다. 상상할 수 있는 최악의 상황이 떠올랐기 때문이다.

그러나 마차 안에서 다시 나온 말은 남궁겸의 걱정을 쓸모없는 것으로 만들었다.

"건강하시니 마음이 놓이는군요. 좋습니다. 그만 돌아가 주세요."

모용천은 얼굴을 찡그렸다.
"그게 무슨 말이오? 나는 소저… 아니, 양 부인을 구하러 왔소."
"구하다니요? 누구를? 나 말인가요?"
"양 부인이 아니면 내가 누구를 구하러 왔단 말이오?"
목소리를 높이면서 모용천은 익숙한 떨림을 느꼈다.
오직 남궁미인을 만나고서야 알게 되었던 불길한 두근거림. 두려움이라는 이름의 감정.
정수리 위로 솟구친 대도, 닿기만 해도 썩어 문드러질 독수를 앞에 두고도 일지 않았던 두려움이다. 그러나 남궁미인을 앞에 두었을 때 걷잡을 수 없이 뛰는 심장과 타는 듯이 마른 목은 어째서인가?
"……."
대답은 돌아오지 않았다.
모용천은 기다리지 않고 한 발을 성큼 내디뎠다.
"손발이 묶였소? 그렇다면 내가 풀어주겠소."
"아니에요!"
날카롭게 지르는 목소리. 모용천은 한 발을 내딛은 채 멈춰 섰다.

"아니에요, 그럴 필요 없어요. 나는 손발이 묶이지도 않았고, 강제로 마차에 타지도 않았어요. 물론 누구에게 강요받아 죽는 것도 아니에요. 그러니… 당신은 나를 구한다거나 할 필요가 없어요."

"그게 대체 무슨 말이오?"

도대체 무슨 말을 하는지 모용천은 이해할 수 없었다.

"말 그대로예요."

모용천을 이해할 수 없기는 남궁미인도 마찬가지였다.

모용천이 그토록 원하던 일, 모용세가의 영광을 되살리는 일이 눈앞에 다가오지 않았던가. 비록 권왕의 힘을 빌릴지언정, 그것이 그리 중요한 일은 아니지 않은가.

중요한 것은 모용세가가 무림의 명문세가로 되살아났음이며, 그 중심에 신진 고수 모용천이 있다는 사실이다.

그러한 자가 어째서 호북양가의 안뜰에 나타났는지 남궁미인은 도무지 이해할 수 없었다. 더구나 자신을 구하기 위해서라니!

'아니, 그럴 순 없어.'

남궁미인은 담담히 고개를 저었다.

하고 싶은 말은 산더미처럼 쌓여 있다. 마차 문틈이 아니라 두 눈, 넓은 시야로 담고 싶은 것도 한가득이다.

그러나 그럴 수 없다는 걸 누구보다 잘 아는 남궁미인이다. 마음을 단단히 먹고 좀 더 감정을 지워서.

남궁미인은 단호히 말했다.

"부인 된 몸으로 지아비를 따라 죽는 것은 유별난 이야기가 아니지요. 이는 내가 선택한 일이에요."

"선택했다고?"

"그래요. 죽음으로써 내 마음을 알릴 수 있다면 그렇게 한다 했어요. 살아생전에는 지아비를 섬기고, 죽어서는 지아비를 따르는 것이 부녀자의 덕이라는 걸 당신도 잘 알고 있잖아요."

초야, 호북양가의 장남 양중일(梁重一)은 신방 문턱을 넘지 못하고 고꾸라졌다. 술이 과하여 중심을 잡지 못하는 신랑은 양중일 외에도 얼마든지 있을 것이다. 그러나 하필이면 넘어지며 세간 모서리에 관자놀이를 찧는 신랑은 찾아보기 힘들 것이니, 이는 모두 양중일 자신의 업인 셈이다.

하나 그 업은 온전히 망자의 것이 아니다.

남겨진 업을 짊어진 남궁미인이 단호히 말했다.

"그러니 당신은 어서 돌아가세요. 이런 곳에서 허비할 시간이 없잖아요? 무림맹주께서 영광된 선물을 준비해 두었다 들었는데, 혹시 듣지 못한 건가요?"

"나도 들었소. 하지만… 이건 아니오."

모용천은 다시 한 발을 내딛으며 손을 뻗었다.

"그만!"

마차 문의 손잡이를 잡으려는 순간, 남궁미인이 소리쳤다.

"더 이상 가까이 오지 말아요. 문에 손대는 순간, 나는 혀를 깨물겠어요. 나를 죽이고 싶다면 그 문을 여세요. 어서!"

남궁미인의 외침이 모용천의 가슴속을 파고들었다.

혀를 깨물겠다고?

"……."

"열지 않겠다면 그만 물러가세요."

당신이 보이면 이미 긍정한 내 운명을 돌아보게 되니까.

남궁미인은 혀 대신 입술을 깨물었다. 붉은 연지 틈으로 그보다 붉은 피가 방울져 나왔다. 손가락을 입술에 대어보니 연지와 피가 함께 묻어난다.

모용천은 여전히 마차 앞에 서 있었다.

남궁미인은 손가락으로 입술을 누르며 재차 말했다.

누구에게도 들리지 않게, 오직 한 사람만이 들을 수 있도록 작은 목소리로.

"제발."

들었을까?

모용천은 고개를 숙이고 한 걸음 뒤로 물러났다.

말한 남궁미인의 귀에도 잘 들리지 않는 한마디였지만 모용천의 귀에는 똑똑히 들린 것이다.

제발.

남궁미인의 죽음에 어떠한 의미가 있는지 모용천은 모른다. 모용천이 의심하지 않았던 한 가지는 열녀의 탑대가 남궁미인의 의지는 아니었으리라는 것뿐이었다.

호북양가의 명예를 위해 죽음을 강요당했으리라 생각했던 모용천이다. 당연히 죽음을 스스로 선택했다 말하는 남궁미인을 이해할 수도, 어찌 설득할 수도 없었다. 문을 열겠다 하니 터지는 서릿발 같은 호통 소리는 모용천으로 하여금 생전 경험해 본 적 없는, 주눅이 들게까지 만들었던 것이다.

모용천은 어깨를 축 늘어뜨리고 또 한 걸음 뒤로 물러났다. 그 광경을 본 양가주가 소리쳤다.

"뭣들 하느냐! 잡아라! 저놈을 어서 잡아!"

그러나 권첨이 쓰러져 있으니 수행무사들은 서로 눈치만 볼 뿐, 먼저 움직이는 자가 없었다. 어쩔 수 없이 남궁선이 남궁세가의 무사들을 움직이려 하는데, 마차 안에서 앙칼진 목소리가 다시 들려왔다.

"멈춰요! 당장 그 손 멈추고 검을 집어넣으세요! 어서!"

"뭐라? 네가 지금 무슨 소리를……!"

"어서!"

남궁미인은 남궁선의 말꼬리를 자르고 소리 질렀다.

"저 사람에게 손끝 하나라도 댔다가는 제가 어떻게 나올지 저도 모릅니다. 아버님, 명을 내려주세요! 길을 트고 저 사람을 보내주세요!"

"뭐, 뭐라고?"

양가주의 주름진 이마에 핏대가 섰다.

"네가 지금 나를 협박하는 게냐?"

남궁선이 다급히 양가주에게 달려갔다. 더 이상 그를 건드려서는 안 되는 것이다.

"사돈어른, 지금 저 아이의 말은······."

그러나 남궁선이 수습하기도 전에 남궁미인의 말이 재차 터져 나왔다.

"그렇게 들으신다면 그게 맞겠지요. 아니, 맞습니다. 협박입니다! 저 사람은 이 자리에 오지 않았던 사람이라고, 차후 어떠한 위해도 가하지 않겠다고 약속해 주십시오!"

"뭐라··· 네가 지금 제정신으로 하는 말이냐?"

"스스로 죽겠다는 사람이 제정신일 리 있겠습니까?"

남궁미인의 목소리에는 이제 독기마저 서려 있었다. 호북성 안이라면 나는 새도 떨어뜨린다는 권력자, 호북양가의 가주를 상대로 누가 저런 말을 할 것인가?

죽음을 앞두고 있기에, 또 그 죽음이 이들에게 많은 것을 가져다줄 것이기에 오직 남궁미인만이 할 수 있는 말이었다.

"허어!"

오십 평생 겪어보지 못한 일이다. 어이없어하는 양가주를 바라보는 남궁선의 표정이 어두웠다.

"어떻게 하실 겁니까?"

남궁미인의 목소리가 재차 들려왔다. 양가주는 눈살을 찌푸리며 마지못해 대답했다.

"알았다. 네 말대로 해주마. 됐느냐?"

"맹세해 주십시오."

"맹세한다, 맹세해! 저놈이 뭐 하는 놈인지, 어느 집안에서 난 놈인지 알아보지도 않으마! 이제 됐느냐?"

양가주가 신경질적으로 소리쳤다. 그제야 남궁미인이 만족한 듯 대답했다.

"고맙습니다, 아버님."

"에잉!"

심사가 꼬일 대로 꼬였는지, 양가주는 몸을 돌려 안채로 들어갔다. 양 부인과 남궁선이 황망히 그의 뒤를 따랐다.

이렇게 되자 안뜰에 남은 이들은 어리둥절하여 서로 얼굴만 볼 뿐이었다. 물론 호북양가의 고용인 중 수행원들에게 명령을 내릴 직위를 가진 자들은 많았으나, 가주 부부에게 고하지도 않고 남궁미인을 광장으로 데려가도 되는지 몰랐다. 양 씨 집안도 손이 귀한 편이라 이런 상황에서 가주를 대신할 만한 혈족이 없었던 것이다.

하지만 모두가 간과하고 있었다.

명령을 내릴 자가 분명 있다는 사실을.

"무얼 하느냐? 내 마지막 인사도 드렸으니 지체할 것 없다. 어서 가자꾸나."

바로 남궁미인이 있질 않는가?

웅성웅성.

그러나 남궁미인의 명령을 받고도 좌중은 시끄러워질 뿐, 움직일 생각을 하지 못했다. 호북양가의 며느리인 그녀가 명령을 내릴 위치에 있음은 의심할 바 없으나, 대체 누가 스스로를 죽으러 데려가라 명한단 말인가?

"뭣들 하느냐? 몇몇은 권 사부를 의원으로 모시고, 나머지는 손발을 맞춘 대로 움직여라. 어서!"

남궁미인이 다시 말하자 그제야 사람들은 움직이기 시작했다. 징이 다시 울리고, 절개니 열녀니 하는 깃발을 선두로 행렬이 꼬리를 물기 시작했다.

두 필의 말도 사람들의 속도에 맞추어 마차를 끌었다. 덜컹거리는 바퀴가 모용천을 지나쳐 호북양가의 안뜰을 가로질렀다.

남궁미인을 태운 마차와 호북양가의 행렬이 대문을 나서고도 한참 후에야 모용천이 터덜터덜 걸어나왔다.

대문을 나오자마자 모용천에게 다가온 이가 있었는데, 바로 이소였다. 뒤늦게 따라왔지만 감히 호북양가의 담벼락을 넘지 못해 그 아래에서 불안해하고만 있었던 것이다.

"대체 어쩌자고 그런 짓을 벌인 겐가! 자네, 생각이 있는 거야, 없는 거야?"

모용천을 발견하자 달려온 이소는 다짜고짜 화부터 냈다. 이소가 화를 내는 모습은 또 처음이었다. 얼빠진 모용천도 놀라 고개를 들었다.

"왜 그렇게 화를 내시오? 내가 무얼 잘못했다고?"

"호북양가가 어떤 가문인지 몰라서 그래? 자네가 지금 무슨 짓을 한 건지 정말 모른단 말이야?"

이소가 화를 내니 모용천은 자신이 잘못한 건가 싶은 생각이 들 정도였다. 하지만 대체 무엇을 잘못했단 말인가?

"호북양가는 호북성 내 최고 권력을 가진 권문세가란 말일세. 그 힘은 황실과도 닿아 있으니 자네가 누구인지 알아내는 것쯤은 식은 죽 먹기란 말이야. 자네만이 문제가 아니야. 자네 세가는 물론 무림맹에까지 불이익이 미친단 말일세!"

"……."

"안에서 대체 무슨 짓을 저질렀나?"

"아무 짓도 안 했소."

모용천은 퉁명스럽게 말하고 이소를 지나쳐 갔다. 이소가 성내며 소리쳤다.

"무림맹으로 가는 길은 그쪽이 아닐세!"

"먼저 가 계시오. 나는 나중에 따라갈 테니."

뒤도 돌아보지 않고 모용천이 대답했다.

짧지 않은 시간을 함께 보내며 이소는 모용천에 대해 어느 정도 알게 되었다고 생각했다. 그뿐 아니라 모용천도 자신에게 어느 정도 마음을 열었다고 생각했다.

그러나 그것은 이소만의 착각이었을까? 지금 모용천은 처음 만났을 때와 꼭 같은 태도로, 이소를 있으나마나 한 사람으로 치부하며 제 갈 길을 가는 것이었다.

"…기다리게!"

이소는 소리치며 모용천의 뒤를 따랐다. 나는 새도 떨어뜨린다는 호북양가의 장원에 난입한 모용천이다. 그 안에서 무슨 일을 벌였는지도 모르니 앞으로 무슨 짓을 저지를지도 모르는 것이다.

그러나 아주 잠깐 머뭇거린 사이, 모용천의 신형은 인파 속에 묻혀 보이지 않았다.

"이런 제기!"

이소는 짧게 욕하고 모용천을 찾기 시작했다.

    *   *   *

햇살 뜨거운 여름, 태양은 정점을 지나쳐 떨어지는 중이었다. 달구어진 땅에서 열이 올라오니 정오보다 더운 때가 바로 이즈음이다.

탁 트여 있어야 할 광장은 사람들로 가득했다. 하루 중 가장 더울 때, 사람들이 가득하였으니 그곳의 열기가 어느 정도인지는 말할 필요도 없을 것이다. 사내들은 대부분 웃통을 벗어 흐르는 땀을 닦았고 여인들 중에는 쓰러지는 이가 속출하였다.

이렇듯 열악한 환경 속에서도 사람들은 떠나지 않고 제자리를 지키고 있었다. 땀은 비처럼 흐르고 열기는 공기를 데워 아지랑이를 피우는데도 못 박은 듯 사람들이 서 있는 이유는 하나.

광장 한가운데에 세워진 높다란 단 때문이다.

이곳 무한에서는 근 백 년 가까이 볼 수 없던 열녀의 탑대다. 그것도 웬만한 가문이 아니라 상서를 지낸 권문세가, 호북양가의 행사다. 현직에서 물러난 지 오래지만 아직도 입김이 중앙정부를 지나 황실에까지 미친다는 그 가문!

그뿐이 아니다.

스스로 목매는 여인, 열녀가 되겠다는 자는 바로 무림오대세가의 수장 격인 남궁세가의 금지옥엽이 아니던가!

초야도 보내지 못하고 청상과부가 되었다는 소문이 이미 무한 시내에 쫙 퍼진 지 오래였다. 재가를 시킬 것이다, 아닐 것이다 말들이 많았으나 열녀의 탑대가 열릴 거라고 예상한 이는 아무도 없었다.

무한에 열녀의 탑대가 열린 것은 백 년도 더 전의 이야기였고, 또한 호북양가는 달리 열녀, 효자가 필요없는 권문세가였기 때문이다.

어쨌든 이런저런 이유로 사람들은 눈을 반짝이며 제자리에서 한 발짝도 움직이려 하지 않고 있었다. 저 단에 올라 목맬 여인은 지금쯤 화려한 행렬을 앞세워 도시 외곽을 돌고 있을 테지만, 그 구경이 어찌 목매는 순간에 비할까?

그들 틈에 모용천이 있었다.

모용천 역시 사람들의 열기에 비 오듯 땀을 흘리고 있었다. 그러나 더위는 아랑곳하지 않고 사람들을 밀쳐 가며 조금이라도 더 가까이, 단으로 가까이 가려 했다.

"어이, 뭐야, 이거?"

"아, 거! 형씨, 뭐 하는 짓이야?"

앞자리를 선점한 사람들은 당연히 욕을 해댔다. 그러나 모용천을 보고는 금세 꼬리를 내리고 길을 터주었다. 모용천의 전신에 흐르는 기운이 날카로워, 무공을 익히지 않은 자들도 주눅이 들 정도였던 것이다.

"미안하오."

모용천은 짧게 말하며 앞으로, 앞으로 나갔다.

어째서일까?

지금 앞으로 간다 해서 남궁미인의 죽음을 막을 수 있는 것도 아니었다. 물론 모용천에게는 남궁미인의 죽음을 막을 수 있는 힘이 있지만, 그 힘은 행사할 수 없는 힘이었다. 남궁미인은 스스로 죽겠다 결심하였으니까.

그걸 알면서도 모용천은 앞으로 나아갈 수밖에 없었다. 보고 싶지 않으나, 그럼에도 불구하고 보고 싶었다.

"……?"

부조리한 감정 속에서 살덩이들을 밀치며 나아가던 모용천의 감각이 이질적인 존재를 발견했다. 이토록 더운 와중에, 대부분 맨살을 드러낸 상체들 틈에서 옷을 걸쳐 입은 자가 있었다. 죽립까지 써서 주변 사람들의 눈총을 한 몸에 받는, 그러면서도 꿋꿋이 벗지 않고 있는 사내였다.

'저자는…….'

기도가 출중한 것이 아니다. 오히려 아무런 기운도 느낄 수 없어 더욱 의심스러운 자였다. 모용천은 방향을 틀어 그에게로 다가갔다.

 마치 존재치 아니한 듯 기운을 깨끗이 지울 수 있는 자라면 보나마나 절정고수일 것이다. 그런 자가 얼굴을 드러내지 않고 이 자리에 있다면, 그 정체가 무엇인지 짐작이 가는 것이었다.

 "선배님."

 죽립을 눌러쓴 사내는 모용천이 다가오는 것을 알았지만 피하지 않고 외면할 뿐이었다. 모용천이 말을 걸자 죽립인은 고개를 돌리며 말했다.

 "사람 잘못 봤소."

 모용천은 손을 뻗어 죽립인의 팔을 잡았다. 그러나 죽립인은 팔을 돌려 모용천의 손을 뿌리쳤다.

 파파팍!

 사람들 틈에서 두 사람 외에는 누구도 알아채지 못하도록 조용히 금나수의 대결이 시작되었다. 모용천은 어떻게든 죽립인의 팔을 잡으려 했지만, 죽립인의 팔은 도무지 잡히지 않았다.

 '허업!'

 처음부터 수세를 유지하던 죽립인의 손가락이 대번에 모용천의 팔꿈치 혈도를 노렸다. 모용천은 대경하며 팔을 오므려 죽립인의 손가락을 피했다.

'역시…….'

죽립인의 금나수법을 간신히 피하며 모용천은 속으로 감탄을 금치 못했다. 그러면서도 죽립인의 정체를 더욱 확신하게 되었는데, 이자가 펼친 수법의 고명함은 지난날 모용천이 상대해 본 기명자나 절창의 그것보다 한 단계 위에 있었던 것이다.

"남궁 선배."

모용천이 다시 말했다. 격렬한 금나수법의 대결도 알아채지 못했던 사람들이 '남궁' 두 글자에 반응하여 시선을 돌렸다.

수십 개의 눈이 자신에게로 몰리자 죽립인은 당황해하는 기색이 역력했다. 죽립인은 모용천의 팔을 잡고 나직이 속삭였다.

"모르는 척하고 지나가게."

그러나 모용천은 고개를 저었다.

"잠깐 시간 좀 내주시지요."

모용천의 목소리는 확고했고 주변의 시선은 부담스러웠다. 죽립인은 잠시 망설이다가 모용천을 끌고 인파를 빠져나왔다.

단에 가까이 다가가기는 어려웠지만 빠져나오기는 쉬웠다. 금세 인파를 헤치고 나온 두 사람은 골목 안으로 들어

갔다.

 그늘진 골목 안, 사람의 시선이 드문 곳에 당도해서야 죽립인은 비로소 죽립을 벗었다. 죽립 아래에 숨은 얼굴은 누구라도 한 번 보면 잊을 수 없는 얼굴. 반안이 울고 갈 미남자.

 검왕 남궁익이었다.

 "이게 무슨 짓인가, 자네!"

 남궁익의 입에서 나온 첫마디는 모용천을 나무라는 것이었다. 검왕의 얼굴이 어둡고 음성에 노기가 충만하였으니 누가 그 앞에서 태연할 것인가?

 그러나 모용천은 오히려 눈을 치켜뜨며 되묻는 것이었다.

 "남궁 선배야말로 무슨 짓입니까? 왜 그렇게 죽립을 눌러 쓰고 선배가 아닌 양 숨어 있는 겁니까?"

 "숨긴 누가 숨었다고 그러나?"

 "그럼 숨은 게 아니고 뭡니까?"

 "……."

 모용천의 대응이 어이없기도 했지만, 실제로 할 말이 없기도 했다. 남궁익이 입을 다물자 모용천이 재차 말했다.

 "아까 호북양가의 장원에서 남궁세가의 사절단을 만나봤습니다. 남궁 공자가 와 있기에 나처럼 양 부인… 아니, 남궁 소저를 구하기 위해 왔다고 생각했습니다. 하지만 아니더군요."

"……."

"구하기 위한 게 아니면 그들은 왜 온 겁니까? 아니지, 선배는 가주니까 말을 달리해야겠군요. 그들을 왜 보낸 겁니까? 남궁 소저의 죽음을 확인하기 위해서입니까? 혹시라도 남궁 소저가 다른 마음을 먹었을 때를 대비하기 위해서입니까? 예?"

"쉿! 목소리를 낮추게."

모용천의 목소리는 급격하게 커져, 마지막에는 골목 안으로 들어온 것이 무색할 지경이었다. 남궁익이 놀라 제 입에 손가락을 대며 조용히 시켰지만 별 소용이 없었다. 보기 드물게 흥분한 모용천은 대답을 원하고 있었다.

'이 녀석이……!'

본래 같은 검수로서 모용천을 마음에 들어했고, 자신의 수하로 만들려고까지 했던 남궁익이다. 하지만 이렇게 눈에 불을 켜고 덤벼드는데 호감이 남아날 리 없다. 당장에라도 저 주둥아리를 닥치게 만들고 싶은 마음이 간절했다.

"후우."

그러나 크게 한숨을 쉬고 마음을 가라앉혔다.

"진정하게. 자네가 왜 이렇게 열을 올리는지 모르겠지만 이건 집안의 일이니 외인이 상관할 바가 아니야."

"딸을 죽이는 일이 집안의 일입니까?"

"허튼소리 하지 말게. 더 이상 입을 함부로 놀리면 나도 참지 않아."

"뭐가 허튼소리인지 알려나 주시죠."

아무리 윽박질러도 이 녀석에게는 통하질 않는다.

"후우, 좋아. 자네가 계속 모른다고 하니 내 친절하게 알려주지. 하긴, 자네와도 아주 상관없는 얘기는 아니겠군."

남궁익은 잠시 말을 끊고 주위를 둘러봤다. 지금 이 순간, 무한 주민들의 시선은 온통 한곳을 향해 있다. 이런 골목 안에서 나누는 대화에 귀 기울일 사람이 있을 리 없다. 하지만 뭐가 그리 두려운지, 남궁익은 세심히 주변을 살펴 엿듣는 자가 없음을 확인하고 나서야 비로소 입을 열었다.

"자네도 들어 알고 있겠지? 권왕이 모용세가를 무림육대세가 중 하나의 자격으로 무림맹에 가입시킨다는 소식 말이야."

"예, 저도 들었습니다."

모용천의 대답을 들으며 남궁익은 담벼락에 몸을 기댔다. 그의 얼굴이 다시금 차분해졌다. 십왕의 한 사람, 검왕이라는 이름에 걸맞게 모용천이 일으킨 격정도 쉬이 가라앉힌 것이다.

팔짱을 끼고 남궁익이 다시 말하기 시작했다.

"바로 그게 문제란 말이지. 오대세가라느니 육대세가라느니, 물론 말장난에 지나지 않는다고 생각할 수 있어. 하지만 세상에는 가벼워 보이는 말 한마디에 큰 무게를 싣는 사람들이 많다는 걸 알아야 해. 우리로서는 권왕의 그 일이 우리를 조롱하고 압박하기 위한 처사로밖에 비치지 않는단 말일세."

아무리 권왕이 당금 정파를 대표하는 고수이며 마왕의 제마성에 대항하는 무림맹의 수장이라지만 오대세가의 일을 좌우할 수는 없었다. 오대세가의 전통은 그와 같은 신흥 고수가 감히 들이댈 만큼 녹록한 것이 아니다.

"대체 그게 남궁 소저의 일과 무슨 관계라는 겁니까?"

"호북양가가 어떤 가문인지는 알고 있겠지?"

"……"

"우리는 그네들의 힘이 필요했지. 그래, 그게 다일세."

인간이 군락을 이루고 사회를 형성하여 살아온 이래 수없이 증명된 바. 이해관계가 일치하는 두 집단이 결속력을 다지기에는 구성원 간의 성혼보다 더 좋은 방법이 없다.

그러나 신혼 초야에 과부가 된 남궁미인에게 두 가문을 잇는 고리가 되어주길 바라기는 어려운 일이었다. 지금의 남궁미인은 호북양가의 사람도 아니요, 그렇다고 남궁세가의 사람으로 돌아갈 수도 없는 붕 뜬 존재였다.

그날 밤 남궁미인이 잃은 것은 남편이 아니라 자신의 존재 가치였던 것이다.

이제 그녀가 잃어버린 자신의 가치를 되찾을 수 있는 방법은 단 하나, 많은 이들 앞에서 자신의 절개를 죽음으로써 증명하는 것뿐이다.

상대의 힘이 절실한 쪽은 남궁세가였으니까.

"말도 안 됩니다."

모용천은 고개를 저었다.

"오대세가니 육대세가니, 그런 말 따위 무시하면 그만이지 않습니까! 그래요, 그 빌어먹을 전통! 전통있는 남궁세가가 왜 무림맹을 두려워하는 겁니까? 권왕이 그렇게 무섭습니까?"

남궁익이 대답했다.

"지금 무림이 어떻게 돌아가고 있는지 모르는군. 이봐, 잘 듣게. 당금 무림에 가장 큰 사건이 뭔지나 알고 있나?"

"……"

"마왕! 제마성! 사파의 내로라하는 인물들이 죄다 저 마왕을 중심으로 모이고 있단 말이지!"

사파인들은 본래 개인의 무력을 중시할뿐더러 성품이 대개 제멋대로이고 무리지어 다니기를 혐오하는 풍조가 있었다. 그러니 남궁익의 말대로 오랜 세월 동안 무림의 세력도는 정파 위주로 그려질 수밖에 없었던 것이다.

구파일방, 오대세가로 이어져 왔던 무림의 세력 구도 안에서, 마왕이라는 존재는 툭 튀어나온 못이나 마찬가지였다. 그는 누구도 생각하지 않았고, 또 실현할 수도 없다고 여겨졌던 사파의 인물들을 하나로 모으고 있는 것이다.

"이게 뭘 뜻하는지는 아나? 무림에 바람이 분단 말일세. 변화의 바람이!"

마왕이 제마성을 세운 이상, 무림의 세력 구도는 이제까지와 같을 수 없었다. 사람들은 구파일방과 오대세가를 말하는 대신 정과 사를 말할 것이다. 사파의 세력은 자연히 제마성으로 대표될 것이고, 마찬가지로 정파 역시 하나의 대표성을 띤 이름 아래 통합될 것이 불을 보듯 뻔했다.

휘익—

골목 안으로 한 줄기 바람이 불었다. 남궁익은 손을 들어 바람을 느끼며 말했다.

"나는 이 바람을 볼 수 있다네. 또 이 바람이 어디서부터 와 어디로 향하는지도. 이것은 거대한 역사의 흐름이니, 거스르고자 하는 저항은 실로 헛되다고밖에 말할 수 없지."

여름을 실은 바람은 한 방울 땀도 식히기 어려웠다. 그러나 남궁익의 손짓 하나가 모용천을 서늘하게 만들었다.

"이 바람은 오랫동안 한 방향으로만 불었다네. 덕분에 우리 같은 자들, 바람을 업고 가던 자들은 어느 사이엔가 바람이 우리를 위해 부는 줄 착각하게 되었지. 그러다 보니 바람의 방향이 바뀌어도 그것이 무엇을 뜻하는지 모르게 된 걸세."

"……."

"과거의 영광에 취해 안주할 수 있는 때가 아니야. 우리는 준비를 해야 하네."

손을 내리는 남궁익의 얼굴은 어두웠다. 모용천이 물었다.

"남궁 소저의 죽음이 그 준비라는 말입니까?"

"……."

남궁익이 침묵으로 긍정을 대신할 때, 골목 밖에서 수많은 이들의 웅성거림이 전해져 왔다. 무한을 한 바퀴 돈 행렬이 광장으로 진입한 것이다.

"…왔군."

남궁익은 다시 죽립을 눌러썼다.

짜증이 난다.

어째서일까? 남궁익의 말을 다 듣자 속에서 불길이 일었다. 이성, 논리, 인과, 당위… 불길은 이 모든 것을 삼키고도 모자란 듯 탐욕스럽게 커져 갔다. 말하는 순간 입에서 불이 나올지도 모른다는 생각이 들 정도였다.

그러나 모용천은 가슴속에서 일어나는 불길을 억누르며 조용히 입을 열었다.

"마지막으로… 하나만 물어보겠습니다."

골목 밖으로 나가려던 남궁익이 멈춰 섰다. 돌아보지 않는 남궁익에게 모용천이 질문을 던졌다.

"그때 선배님은 이렇게 말씀하셨습니다. '한 몸의 무공으로 할 수 있는 일은 한 줌에 불과하다' 고 말입니다."

"…그랬었지."

"그 한 줌의 일 중에 딸을 살리는 일은 없었습니까?"

힐난하던 모용천의 목소리는 비록 비수처럼 날카로웠으나 남궁익의 가슴에 생채기도 못 내는 듯 보였다. 그러나 마지막으로 물어보겠다는 모용천의 어조는 불쏘시개처럼 뭉툭했고, 남궁익의 단단한 가슴을 억지로라도 후벼 파는 것이었다.

아니다.

남궁익의 가슴이 그리 단단했다면 어찌 정체를 숨기고 무한으로 왔겠는가?

"……."

남궁익은 대답하지 않았다.

"알겠습니다."

모용천은 꾸벅, 고개를 숙이고 남궁익을 지나쳐 인파 속으로 사라졌다.

* * *

분 바른 얼굴 위로 땀이 맺히는 것이 여간 신경 쓰이는 게 아니다. 곧 죽을 사람이 별걸 다 신경 쓴다고, 누가 흉이라도 볼까 두렵다.
'참, 별생각이 다 드는구나.'
죽음에 이르렀다 생각하니 평소라면 지나쳤을 사소한 것들에도 눈길이 간다. 남궁미인은 살짝 눈살을 찌푸리며 다소곳이 단 위로 올랐다.
웅성웅성—
남궁미인이 마차에서 나와 사람들에게 모습을 드러내자 커다란 소요가 일었다.
애초에 사람들의 관심사는 열녀의 탑대, 즉 양갓집 부인이 목을 매는 광경에 국한되어 있었다. 목매달 이가 어떤 사람인지에 대해서는 사실 별 관심도 없었던 것이다.
그러니 막상 단 위에 선 남궁미인을 목도하였을 때, 광장에 모인 이들의 놀라움이 어떤 것인지는 굳이 묘사할 필요가 없으리라. 다만 말해둘 것이 있다면, 하루하루 살아가는 민초들의 눈에 남궁미인이 같은 인간으로 비칠 리 없다는 것뿐이다.
무수히 많은 시선을 받으며 남궁미인은 허리를 굽혔다. 미리 준비해 둔 광주리 안에는 콩이며 조, 팥 등의 곡식 알갱이가 들어 있었다. 남궁미인은 한 움큼씩 쥐어 그것들을 단 주변에 뿌렸다.

후두둑—

악귀를 쫓는다는 의식이다. 하나 이 흉한 행사에 악귀가 관심이나 가질까, 남궁미인은 의문이 들었다. 하긴 선한 귀신들이 관심을 가질 리도 없다.

서너 번 뿌리니 곡식 알갱이는 금방 동이 났다. 남궁미인은 광주리를 내려두고 친정인 남궁세가가 있는 방향을 향해 절을 했다. 그리고 일어나 호북양가를 향해 절을 하고, 마지막으로 천자가 있는 곳을 향해 절을 했다.

남궁미인이 모두 세 번의 절을 하는 동안, 사람들은 손끝 한 동작이라도 놓칠까 눈을 떼지 못하고 있었다. 남궁미인은 허리를 펴고 단 아래를 훑어봤다. 모두가 입을 벌린 채 멍한 눈으로 자신을 바라보고 있었다.

많은 사람들 중 남궁미인이 보고 싶은 얼굴은 보이지 않았다. 다만 남궁겸만이 단 바로 아래에서 그녀를 올려다보고 있었다.

"……."

눈이 마주치자 남궁겸은 결연한 표정으로 고개를 끄덕였다.

십여 년 연상의 오라버니는 매사에 저렇게 성실한 얼굴로 자신이 하는 만큼 타인에게도 희생을 강요해 왔던 것이다. 이제껏 모르고 있던, 혹은 외면하였던 사실을 자신의 차례가 되어서야 깨닫다니. 참으로 어리석고, 또 어리석은 일이다.

지금도 남궁겸은 뒤는 나에게 맡기고 걱정하지 말라며 남궁미인을 안심시키고 있다. 대체 무엇을 안심하라는 것인가? 어떤 마음으로 죽든, 죽는 것은 마찬가지일진데?

'내 죽음이 대체 무슨 의미인 걸까?'

새삼스럽고, 또 새삼스럽다.

남궁미인은 무림의 정세와 세가의 사정, 호북양가와의 관계 등 자신이 죽어야 할 이유를 이미 찾아 마음의 준비를 한 상태라고 생각했었다. 하지만 막상 죽음에 직면하니 모두가 부질없는 짓이었다.

죽음이 두려우니 한 번 납득했던 마음을 고쳐먹을 이유를 찾고 있지 않은가?

그러나 그 또한 부질없는 짓이다. 단 아래에는 흰옷을 입은 남궁세가의 무사들이 남궁선과 남궁겸의 지시 아래 사방을 경계하고 있으니까. 더구나 그들이 경계하는 것은 외부의 방해가 아니라 바로 남궁미인 자신이 아닌가!

이처럼 머릿속이 복잡해도 남궁미인은 생각 한 점조차 얼굴에 드러내지 않았다. 그것이 그녀가 생각하는, 최소한의 자존심이었으니까.

남궁미인은 다시 한 번 사람들을 둘러보았다. 너무 많아서 찾질 못하는 걸까, 아니면 정녕 오지 않은 걸까.

"……."

웅성웅성—

남궁미인이 한참 동안 아무 행동도 취하지 않자 단 아래는 다시금 소란스러워졌다.

"죽는 게 두려운 게야!"

인파 속에서 한 노인이 중얼거렸다. 노인의 주변인들도 모두 고개를 끄덕였다. 저리도 고운 이가, 저리도 어린 이가 스스로 목을 매다니! 모두가 같은 생각, 하나의 마음이었다.

"……."

소란이 가라앉는 것은 순식간이었다. 남궁미인이 움직이자 사람들은 말을 멈추고 다시 그녀에게 집중하기 시작했다.

'하긴, 그가 여기를 올 이유가 없지. 아까 온 것은 그저… 순간의 충동이었을 거야.'

남궁미인은 더 이상 우아할 수 없는 걸음걸이로 단 위에 설치된 또 하나의 단을 올랐다.

한 단, 두 단… 마지막 한 단.

겨우 세 개의 단을 오르는 데 필요한 시간은 그리 많지 않았다. 그러나 바라보던 사람들에게 남궁미인이 단을 올라 목맬 줄과 마주 서기까지 걸린 시간은 영겁과도 같이 길었다.

"……."

무게가 가해지면 졸리도록 매듭진 줄을 앞에 두고 남궁미인은 깊은 숨을 들이마셨다. 곧 건장한 두 사내가 단 위로 올라왔다. 남궁미인이 줄에 목을 걸면 그녀가 발 디딘 단을 치울 자들이었다.

천천히.

남궁미인의 흰 손이 줄을 잡아당겼다.

아무 장식도 없이 틀어 올린 머리가 고리를 쉽게 통과했다. 이윽고 사람들의 숨소리조차 잦아들었다.

희고 가느다란 목에 동아줄이 닿자 남궁미인은 저도 모르게 얼굴을 찡그렸다. 거친 동아줄이 남궁미인의 목에 생채기를 낸 것이다.

"아아!"

숨죽인 인파 곳곳에서 탄성이 터져 나왔다.

그들이 처음으로 본 남궁미인의 표정. 붉게 오른 상처에 불쾌한 표정이, 사람들에게는 그녀 또한 사람이라는 증거였다.

남궁미인은 눈을 감았다.

이제 올라온 사내들이 단을 치울 것이다.

이대로, 끝이다.

"……?"

예상했던 일은 일어나지 않았다. 시간이 흘러도 단은 발밑에서 남궁미인을 지탱하고 있었다.

웅성웅성—

남궁미인이 처음 단 위에 섰을 때와 같은 소요가 일었다. 시끄러운 와중에 한줄기 바람과 함께 목 위로 솟은 줄이 힘을 잃고 아래로 떨어졌다. 곧이어 굵은 목소리가 귓속으로 들어왔다.

"뭐 하는 거요?"

놀라 뜬 눈이, 오지 않았다고 생각한 얼굴을 담았다.

모용천이었다.

"뭐 하는 거예요!"

남궁미인이 놀라 소리쳤다. 글썽, 곧 흘러넘칠 듯 눈물이 고였다. 모용천은 대답했다.

"당신을 살려야겠소."

남궁미인은 고개를 돌렸다. 단 아래 쓰러진 두 사람, 그 위로 올라오는 남궁세가의 무사들, 놀라 입을 다물지 못하는 사람들이 차례로 지나갔다.

그리고 다시 시선은 모용천에게로.

남궁미인은 두 눈을 치켜뜨며 말했다.

"내가 분명 말했을 텐데요? 이건 내가 선택한 일이라고! 세가를 위해 내가 할 수 있는 일이니 기꺼이 하겠다고! 당신은 어째서……."

또한 나를 살리면 당신이 죽는다고… 남궁미인이 끝내 그 말을 하지 못했을 때, 모용천이 말했다.

"죽겠다는 건 당신의 선택이니 말리지 않겠소. 하지만 이 자리에서 죽을 순 없소. 이렇게 죽을 순 없소."

"…어째서죠?"

수많은 사람들의 눈앞에서 남궁미인을 살리는 일이 무엇을 뜻하는지, 어떤 결과를 초래하는지 모용천도 알고 있다.

그럼에도 불구하고 남궁미인은 묻고 싶었다.

듣고 싶었다.

"그게 나의 의지니까."

아아!

"나는… 내가 가진 무공으로 무엇을 하고 싶은지 몰랐었소. 세가의 영광을 수복하는 일은 내가 해야 할 일이었지, 하고 싶은 일은 아니었으니까."

고였던 눈물이 흘러넘쳤다. 모용천의 얼굴이 따라 흐려졌다.

"이유는 없소. 나는 당신을 살리고 싶소. 그게 내가 무림에 나와 처음으로 하고 싶은 일이오."

쉬익!

말이 끝남과 동시에 모용천이 검을 휘둘렀다. 허공에 혈화(血花)가 피어나고, 한 사내가 비명을 지르며 단 아래로 떨어졌다. 남궁세가의 무사였다.

"이놈!"

우우우우웅!

막대한 내공을 실은 고함 소리가 단을 흔들었다. 어느새 남궁선이 단 위에 올라 모용천을 노려보고 있었다. 남궁겸과 다른 백의무사들도 함께 단 위에 올라 두 사람을 포위했다.

단 위에 설치된 또 하나의 단. 그 위에서 모용천은 남궁선을 내려다보며 말했다.

"시끄럽소."

"뭐, 뭐라……!"

남궁선의 얼굴에 노기가 피어올랐다. 그러나 모용천은 개의치 않고 오히려 남궁선을 향해 소리쳤다.

"무엇을 위한 무공이며 무엇을 위한 세가인가? 딸 하나 지키지 못할 무공이라면, 대체 왜 익혔단 말이오?"

"뭐, 뭐라고?"

남궁선을 바라보고 했으되, 그 말은 다른 이를 향해 있었다. 남궁겸과 남궁세가의 무사들, 또 광장 저 끄트머리에서 까치발을 하던 자들까지 모두 모용천의 말을 들었다. 그러나 그 말이 무슨 뜻인지 알 수 있는 자는 단 한 사람뿐이었다.

모용천은 그리 외치고 주변을 돌아봤다. 예상했던 대로 대답하는 이는 없었다.

"대답이라 여기겠소."

모용천은 짧게 대답하고 발을 굴렀다.

쿵!

"잡아라!"

모용천의 의도를 간파한 남궁선이 소리를 질렀다. 그러나 그보다 먼저, 단을 지탱하고 있던 나무 구조물이 무너지기 시작했다.

쿠쿠쿠쿠쿠쿵!

"크윽!"

남궁겸을 비롯한 백의무사들은 균형을 잃고 단과 함께 무너졌다. 단 한 사람, 남궁선만이 모용천의 머리 위로 뛰어올랐다.

쉐에엑!

압도적인 힘이 모용천의 정수리로 내리꽂혔다. 무너져 내리는 단의 잔해, 피어오르는 먼지들이 남궁선의 일격에 길을 비켜주었다.

단과 함께 바닥으로 떨어지던 모용천은 한 손으로 남궁미인의 허리를 끌어안고, 다른 손으로 검을 들어 남궁선의 일격을 막았다.

카앙!

남궁선의 십성 공력이 담긴 일격이다. 불꽃이 튀고, 모용천의 팔이 검과 함께 뒤로 밀려났다. 남궁선의 눈에 모용천의 열린 어깨가 선명했다.

"타앗!"

그러나 남궁선의 검은 다른 곳을 향했다. 바로 모용천의 왼편, 끌어안은 남궁미인을 향한 것이다.

"……!"

찰나의 순간, 크게 뜬 남궁미인의 눈이 남궁선과 마주쳤다. 남궁선의 눈이 이렇게 말하고 있었다.

'너는 이제 살아도 산 게 아니다. 이토록 많은 눈앞에서 외간 사내와 내통하였으니, 이대로 죽는 게 네 명예를 지키는 일일 게다.'

카앙!

놀란 남궁미인의 눈앞에서 또 한 번 불꽃이 번쩍였다. 동시에 두 사람의 발이 땅 위에 내려섰다.

파팟!

모용천은 발에 걸리는 잔해를 차 날리고, 남궁미인과 함께 몸을 뒤로 날렸다.

휘리릭!

걷어찬 동작은 가벼웠으나 날아가는 잔해는 무거웠다. 뒤늦게 내려선 남궁선의 눈앞에 거대한 목재 조각이 날아왔다. 남궁선은 왼손으로 그것을 잡아챘다.

콰지직!

남궁선의 손아귀에서 목재 조각은 산산이 부서졌다. 눈앞에는 먼지만 자욱해 모용천과 남궁미인의 모습은 보이지 않았다.

남궁선이 외쳤다.

"쫓아라! 놈을 찾아!"

고함 소리가 먼지 구덩이 너머에서 먹먹하게 들려온다.

남궁미인은 모용천의 품에 얼굴을 파묻었다.

얼마나 달려왔을까? 한참을 뛰던 모용천이 멈춰 섰다.

"……."

남궁미인은 말없이 떨어져 섰다. 모용천에게 매달려 깍지 낀 손에 얼마나 힘을 줬던지, 손등에 붉은 손톱자국이 선명했다. 고개 숙인 남궁미인의 얼굴은 그보다 더 붉었다.

모용천은 반사적으로 한 걸음 물러나 말했다.

"미안하오. 경황이 없었소."

"아니에요."

먼지와 분이 눈물과 뒤섞여 온통 엉망이다. 남궁미인은 고개를 젓다 황망히 얼굴을 닦았다. 모용천은 못 본 척 고개를 돌려주었다.

"……."

잠시간의 침묵.

먼저 입을 연 것은 남궁미인이었다.

"여기는 어디죠?"

모용천이 다시 고개를 돌렸다. 물도 없이 소매로 닦는다고 어디 닦아지겠는가? 그럼에도 불구하고 숨 막히도록 아름다운 남궁미인 앞에서 모용천은 솔직히 말했다.

"잘 모르겠소. 아직 무한을 벗어난 건 아니오."

"하아."

어이가 없는 건지 긴장이 풀린 건지, 남궁미인은 한숨을 쉬며 주저앉았다. 담벼락에 등을 기대어 남궁미인은 모용천을 올려다봤다. 어리석은 사람!

"이제 어쩔 건가요?"

"잘 모르겠소."

그 외에는 대답할 말이 없었다. 남궁미인은 기막히다는 듯 웃으며 말했다.

"하! 하하! 정말 대단한 사람이군요! 정말 대책도 없이 충동적으로 그런 짓을 저지른 건가요? 그 대가가 무엇인지 생각은 하고 움직인 건가요?"

구파일방을 등에 업은 정파 무림맹. 그 정파 무림맹이 인정해 줄 육대세가로의 승격. 그것은 단순히 모용세가가 과거의 영화를 수복하는 일에 그치지 않는다.

모용세가의 승격은 모용천에게는 그를 둘러싸고 있는 거추장스러운 것들, 그를 잡아끄는 모든 것들로부터의 해방을 의미하는 것이다.

"대가가 무엇일지는 알고 있소."

물론 모용천이라고 모를 리 없다. 아니, 남궁미인보다 잘 알고 있는 게 당연하다.

"그걸 알면서 그랬나요?"

남궁미인의 목소리에 물기가 가득했다. 모용천은 단호히 말했다.

"아까 말하지 않았소, 당신을 살리고 싶었다고. 그게 내가 하고 싶은 일이라고."

"하지만! 당신이 지금까지 한 일이 모두 물거품으로 되어 버리잖아요! 뭐 하러 그토록 고독한 세월을, 수련을 한 거죠? 뭐 하러 권왕의 심부름을 한 거냐고요!"

"당신이 착각하고 있는 게 있소."

"…그게 뭐죠?"

누구보다 총명하다는 남궁미인도 모용천이 무슨 말을 할지 알 수 없었다. 잠시 머뭇거리다 묻자 모용천이 대답했다.

"물론 세가의 영광을 수복하는 일은 무엇보다 중요하오. 그것은 아버지와 유 총관이 평생을 바라온 숙원이니까. 하지만 그것은 내 바람이 아니오. 나는… 그 일을 하고 나면 정녕코 내가 바라는 일이 무엇인지 알 수 있을 거라 생각했소."

"……."

"하지만 그전에 나는 알았소. 당신을 살리는 것이야말로 내가 해야 할, 아니, 하고 싶은 일이라는 걸."

…그리고 저들에게 보여주고 싶었소.

굳이 할 필요는 없다. 모용천은 뒷말을 생략했다.

무엇을 위한 무공인지, 생각하는 법이 다른 자들에 대한 반발심도 모용천을 움직인 힘 중 하나였다. 그러나 어쩐지 그 이야기를 하자면 남궁익이 지금 무한에 와 있다는 것까지 말하게 될 것 같았다.

그것은 남궁익이 원치 않는 일이다. 그를 존중해야 했다.

"일의 선후와 경중은 같으면서도 때로는 다르다고 하오. 순서에 얽매여 무엇이 무겁고 무엇이 가벼운지 모른다면 그만큼 어리석은 일이 없겠지."

남궁미인은 다시금 고개를 숙였다.

모용천이 다시 말했다.

"일단 무한을 떠납시다."

"……."

남궁미인은 여전히 고개를 숙인 채 대답하지 않았다. 그때,
휘익!

바람 소리와 함께 백의인들이 튀어나왔다. 사방으로부터 네 자루 검이 모용천을 노리고, 동시에 다섯 자루 검이 모용천과 남궁미인 사이를 갈라놓았다.

모용천은 검을 크게 휘둘렀다.

카카캉! 카캉!

자신을 노리는 네 자루 검을 뿌리치고, 다시 다섯 자루 검마저 단숨에 와해시켰다. 그러나 마지막의 마지막에 모용천을 가로막은 자는 청강과검 남궁선이었다.

카앙!

귀를 긁는 쇳소리를 들으며 모용천은 뒤로 물러났다. 순식간에 자라난 검림(劍林) 너머로 남궁겸에게 사로잡힌 남궁미인이 보였다.

"……!"

남궁미인을 부르려던 모용천은 목구멍까지 올라온 말을 삼켰다. 호북양가의 귀신이 될 사람을 빼내온 자신이 저들 앞에서 남궁미인을 양 부인이라고 부르기에 거부감이 이는 것이다.

그녀를 부를 마땅한 말이 없었다.

"이 갈아 죽여도 시원찮을 놈! 도망칠 수 있을 거라 생각했

느냐!"

 이제 남궁선의 얼굴은 붉다 못해 검어져 있었다. 그러나 모용천은 차분히 응대했다.

 "도망친다 해도 당신들에게서는 아니오."

 "뭐라?"

 "쓸데없는 짓 말고 비키시오. 그래도… 저 사람의 혈육이라니 손을 쓰고 싶지 않소."

 "네놈이 끝까지 노부를……!"

 튀어나온 핏줄이 남궁선의 분노를 대신 말해주었다. 모용천은 아랑곳하지 않고 검림 너머의 남궁미인을 바라봤다.

 "오라버니! 놓아주세요! 제발!"

 남궁겸의 품 안에서 남궁미인이 소리치고 있었다. 남궁겸은 애써 평정을 유지하며 대답했다.

 "대체 왜 이러느냐! 나라고 좋아서 너를 잡고 있는 줄 아느냐? 네 행동이 어떤 결과를 초래하는지 모르는 것도 아니고, 어린아이처럼 왜 이러는 거냐? 그렇게 꼭 내 마음을 아프게 해야겠느냐?"

 "그럼 저는 철없는 애가 되겠어요. 어른스럽게 죽는 걸 누가 원한단 말이에요?"

 "너… 네가 어찌 그런 말을!"

 남궁겸은 놀라 말을 잇지 못했다. 남궁미인은 세가에 있을 때에도 돌발적인 행동으로 남궁겸을 애먹인 일이 종종 있었다. 그러나 적어도 남궁겸이 아는 남궁미인은 이런 식으로 자신이나 세가의 뜻을 거스를 아이가 아니었다.

남궁겸은 고개를 돌려 외쳤다.

"대체 무슨 바람을 불어넣은 거요! 내 동생은 이런 아이가 아니야!"

"이런 아이가 아니면 대체 무슨 아이가 당신의 동생이라는 거지? 죽으라는 말에 순순히 죽어야 당신의 동생이라는 건가?"

"……!"

"보호해야 할 사람들이 등을 떠미는 것도 모자라 아예 죽이려 드는데, 그럼 목을 내밀어야 하는 건가?"

"죽이려 들다니, 그게 무슨 소리요!"

척!

모용천은 검극을 남궁선에게로 향하며 말했다.

"궁금하면 직접 물어보시지!"

"물어볼 것도 없다!"

남궁선이 크게 말했다.

"이대로 돌아간들 죽기밖에 더하겠느냐? 끝까지 살려 든다면 차라리 우리 손으로 처리하는 편이 백번, 천 번 나을 터! 세가의 명예는 지켜야 할 것이 아니냐!"

남궁선의 말은 독하고 또 독했다.

그러나 모용천은 그 속을 어느 정도 짐작한 터였고, 남궁미인은 남궁선의 검을 받을 뻔한 처지다. 놀란 것은 백의무사들과 남궁겸이었다.

"아, 아무리 그래도… 어찌……."

얼마나 놀랐는지 남궁겸은 말을 더듬다가 그대로 얼버무리고 말았다. 남궁선은 눈살을 찌푸리며 일갈했다.

"무얼 주저하느냐! 그건 세가의 명예만이 아니라 네 동생의 명예도 함께 지키는 일이다! 잘 생각해라!"

"헛소리요!"

모용천이 외쳤다.

"그런……!"

남궁겸은 남궁미인을 바라봤다. 남궁겸과 눈이 마주친 남궁미인은 입술을 깨물며 고개를 저었다.

"아니에요… 아니에요, 오라버니!"

죽음으로 지켜야 할 명예는 적어도 이런 것이 아니다. 남궁미인은 필사적으로 고개를 저었다.

주르륵—

강하게 깨문 입술에 핏방울이 맺히더니 곧 흘러내렸다. 가지런한 턱 선을 따라 흐르는 핏줄기가 남궁겸의 눈 속에 선명히 박혔다.

질끈.

여동생을 따라 입술을 깨문 남궁겸이 고개를 돌려 남궁선을 바라봤다. 남궁선은 차가운 얼굴로, 부릅뜬 눈으로 남궁겸을 재촉했다.

몇 차례, 남궁겸의 시선이 남궁선과 남궁미인을 오갔다.

"……."

꿀꺽—

모용천은 마른 침을 삼켰다. 그의 신경은 온통 남궁겸의 입가에 가 있었다. 우물거리는 남궁겸의 입술이 무슨 말을 뱉어낼지 몰랐다.

주르륵—

등 뒤로 식은땀이 흐른다. 남궁겸의 선택이 무엇인지 기다리는 이 시간이, 정말 견딜 수 없이 무섭고 두려웠다.

차갑게 날 세운 검림 안이라서가 아니다. 남궁선을 비롯한 아홉 무사, 총 열 자루의 검이 두려울 리 없었다. 이보다 더 절망적인 상황에서도 모용천은 항상 냉정과 평정을 유지해 왔다.

남궁미인.

모용천이 두려워하는 것은 오로지 그녀 한 사람이었다.

이미 상처 입을 대로 입어 너덜너덜해진 마음이지만, 그 마음이나마 온전히 해주고 싶었던 것이다. 버리고 또 버림받아도, 부모 대신이었던 남궁겸에게만큼은 다른 말을 듣고 싶은 그 마음마저 다치게 하고 싶지 않았던 것이다.

"나, 나는······."

그게 어디 모용천에게만 두려운 시간이랴! 남궁겸 역시 쉬이 대답하지 못하고 수없이 많은 번민에 휩싸였으리라.

그러나 시간은 무심(無心)하고 남궁선은 무정(無情)하였다.

그리고 남궁겸은 장차 세가를 이끌어갈 인물로, 가주에 합당한 교육을 받아온 자였다.

"···미안하다."

남궁겸의 입에서 나온 한마디 말.

미안하다는 한마디 말이 나온 순간 남궁미인의 얼굴에 핏기가 가셨다.

파사삭!

착각일까, 남궁미인을 바라보는 모용천의 귓가에 살얼음 부서지는 소리가 들렸다.

"······."

남궁미인은 남궁겸의 손에서 풀려났다. 아니, 남궁겸이 그녀를 놓았다. 그러나 풀려난 남궁미인은 도망갈 생각도 없이, 그저 몸을 돌려 남궁겸을 마주 보고 설 뿐이었다.

"미안하다."

남궁겸의 입술이 다시 한 번 움직였다. 그리고 검극이 하늘 높이 솟았다.

"……"

눈을 마주쳤지만 남궁미인은 남궁겸을 보고 있지 않았다. 그녀의 눈은 아무것도 보고 있지 않았다. 내려오는 검도 보이지 않는 듯했다.

휘익!

남궁겸의 검이 남궁미인의 가슴을 가르려는 순간!

"안 돼!"

모용천이 크게 소리치며 검을 던졌다.

쉐에에엑! 푹!

쏜살같이 날아간 검이 남궁겸의 어깨에 꽂혔다.

"으아아아악!"

남궁겸은 비명을 지르고, 검은 허공을 갈랐다.

남궁겸의 어깻죽지에서 솟아오르는 피가 남궁미인의 이마로부터 가슴까지 한 줄을 그었다.

"……!"

갈라진 마음을 뜨거운 피가 이어붙인 걸까? 남궁미인의 눈동자에 생기가 돌아왔다. 정신 차린 그녀의 눈앞에 펼쳐진 광경은 검에 관통당한 어깨를 부여잡고 괴로워하는 남궁겸의 모습이었다.
"오라버니……!"
후두둑―
남궁겸을 부르는 남궁미인의 얼굴에 다시금 핏방울이 튀었다.
"……!"
동기의 피. 내 안의 것과 같은 피가 남궁미인을 일깨웠다.
동시에 모용천이 움직였다.
쾅!
모용천의 일장이 한 백의무사를 강타하고 그를 둘러싼 검림, 남궁세가의 창룡검진이 일순간 무너졌다. 검을 던진 모용천이 설마 맨손으로 움직일 줄 몰랐던 자가 있었던 것이다.
저도 모르게 시선을 남궁겸으로 돌린 백의무사. 그 짧은 방심의 대가는 더없이 컸다.
"으헉!"
백의무사가 신음 소리를 내며 쓰러지기도 전에 모용천의 쌍장이 다른 표적을 노리며 날아들었다.
"어, 어?"
본래대로라면 검진을 형성하는 다른 이들이 유기적으로 움직여 모용천의 움직임을 봉쇄해야 했다. 그러나 모용천의 쌍장은 아무런 방해도 받지 않고 가장 짧은 거리를 가장 빠르게 날아 백의무사의 가슴에 닿았다.

　쾅!

　굉음과 함께 백의무사가 뒤로 날아갔다.

　쉬익!

　쌍장을 회수하기도 전에 모용천을 핍박하는 검기가 있었다. 남은 이들 중 가장 빠르게 제자리를 되찾은 자, 남궁선이었다.

　치이익!

　남궁선의 소청검이 모용천의 오른팔, 온전한 소매를 찢었다. 검이 일으킨 바람이 찢어진 소매를 확 열어젖혔다.

　휘익!

　모용천의 오른팔이 기묘하게 꺾이며 열린 소매 사이로 튀어나왔다.

　"흐읍!"

　남궁선은 크게 놀라 헛숨을 들이켰다.

　검수로서 남궁선은 내밀고 회수하는 등 검을 부리는 모든 동작이 마음먹은 대로 가능한 경지에 올라 있었다. 하나 그런 남궁선이 채 뻗은 검을 회수하기도 전에 모용천의 손이 가슴팍을 파고드는 것이다.

　남궁선은 왼손을 끌어당겨 모용천의 일장을 막았다.

　쾅!

장심을 통해 거대한 경력이 파고들었다. 남궁선은 피를 한 움큼 뱉어냈다.

"커헉!"

믿을 수 없는 일이 일어났을 때, 대부분의 사람들은 평소 가지고 있던 판단력을 잃게 마련이다. 이는 모용천이 상대해 왔던 대부분의 이들이 겪었던 일이며 지금 남궁선이 겪고 있는 일이었다.

이제 갓 약관을 넘긴 애송이, 그것도 검을 좀 쓴다고 알려진 모용천의 장력이 이토록 클 줄이야 누가 알았을까? 터무니없는 일이지만, 분명한 현실이기도 했다.

남궁선은 피를 뱉으며 반사적으로 몸을 숙였다.

빙글—

동시에 모용천의 몸이 튀어 올라 지면과 수평으로 한 바퀴 돌았다. 원심력이 더해진 발꿈치가 남궁선의 등을 찍었다.

팍!

모용천의 발꿈치가 찍은 부위는 정확히 모용천의 장력이 남궁선의 손바닥을 뚫고 파고든 반대편이었다. 눈 깜짝할 새 몸의 앞뒤로 충격이 파고들었으니, 남궁선의 내공이 아무리 깊다 한들 부질없는 일이었다.

"으헉!"

남궁선은 진탕된 오장육부를 안고 제자리에서 쓰러졌다.

"저, 저런!"

"상장로님!"

백의무사들이 놀라 소리쳤다. 검진이 무너지는 바람에 방위를 잃은 그들이 채 자리를 되찾기도 전에 남궁선이 쓰러진 것이다.

"……"

모용천이 남궁선을 상대하는 동안 간신히 제자리를 찾았지만 역시 부질없는 일이었다. 검진을 지휘해야 할 남궁선도, 지휘할 수 있는 남궁겸도 없으니 무슨 수로 모용천을 상대할 것인가?

진지하게 용을 베겠다며 참룡검진이라 이름 붙인 게 아니다. 용과 같은 대적을 상대한다는 뜻으로 지은 이름이다. 좀 더 노골적으로 말하자면, 십왕을 상대하기 위해 만들어진 것이다.

물론 아직 완벽히 다듬어지지도, 구성원들에게 요구되는 최소한의 수준도 충족되지 않은 상태이지만 백의무사들 중 누구 하나 그 위력을 의심하는 이 없었다.

바로 지금, 모용천 한 사람에게 깨어지기 전까지는 말이다.

"으… 으음……!"

백의무사들의 검은 아직 일곱 자루였고 모용천은 여전히 맨손이었다. 그러나 서로 눈치만 살필 뿐, 누구도 먼저 달려들 생각을 못하고 있었다.
 "……."
 모용천은 무심한 얼굴로 검진을 걸어나갔다. 남궁선 없이 무너진 검진을 지키고 선 백의무사들은 이미 그의 안중에서 벗어난 것이다. 그의 눈에 보이는 것은 오직 한 사람뿐이었다.
 "괜찮소?"
 검진을 벗어난 모용천이 물었다.
 "……."
 남궁미인은 고개를 끄덕이는 것으로 대답을 대신했다. 그녀의 눈은 검에 관통당한 어깨를 부여잡고 괴로워하는 남궁겸을 향해 있었다.
 "끄윽, 끅! 으으으윽!"
 남궁겸의 흰옷은 피로 물들어 붉다 못해 검어져 있었다. 모용천은 싸늘히 말했다.
 "당신을 죽이려 한 자요."
 "그래도……!"
 남궁미인이 돌아보며 외쳤다. 그러나 모용천과 눈이 마주친 순간 남궁미인은 입을 다물었다. 그녀가 어찌 모용천을 나무랄 수 있단 말인가?
 남궁미인은 입술을 깨물며 고개를 돌렸다. 백의무사들은

아직도 무너진 검진을 유지하며 제자리에 서 있었다.

"뭣들 하느냐? 어서 상장로님과 오라버니를 모시고 물러가지 않고!"

남궁미인의 일갈이 떨어지고서야 백의무사들은 겨우 움직이기 시작했다. 백의무사들이 부상자들을 수습하여 사라지자 모용천은 떨어져 있던 검 한 자루를 집어 들며 말했다.

"거기서 뭐 하고 있소? 할 말이 있으면 나와서 하시오."

그러자 멀찍이 떨어진 곳에서 한 거지가 튀어나왔다. 이소였다.

"……."

막상 나오라고 하여 나왔으나 할 말이 없었다. 이소의 얼굴이 보통 난감해하는 게 아니라 모용천이 한숨을 쉬며 말했다.

"할 말이 없다면 난 가겠소."

그렇게 말하고 모용천은 남궁미인에게로 시선을 돌렸다. 남궁미인 또한 크게 한숨을 쉬며 고개를 끄덕였다.

"자, 잠깐! 기다리게! 기다려!"

두 사람이 함께 한숨을 쉬며 몸을 돌리자 이소가 소리치며 그 앞을 가로막았다.

"이봐, 지금 어디로 가겠다는 건가?"

모용천은 여전히 남궁미인에게서 시선을 떼지 않으며 대답했다.

"글쎄… 일단 무한은 떠나야지."

"지금 이렇게 난동을 부려놓고, 거기다 저… 저… 호북양가의 며느리를 데리고 떠난다니! 그게 대체 무슨 소린지 알고나 하는 소린가?"

이소의 언성이 높아졌다. 모용천은 고개를 저으며 대답했다.

"모르오."

"모른다니! 어떻게 그렇게 무책임할 수가 있나! 자네는 이제 자네 혼자의 몸이 아니야! 자네는 정파 무림맹의 얼굴이나 다름없게 되었다는 걸 어째서 모르나! 아니, 그보다 지금 무림맹에서 자네를 기다리는 게 무언지 모른단 말인가? 자네가 그렇게 원했던 육대세가의 자리가 기다리고 있단 말일세! 나랑 같이 들어놓고도 왜 모르는 척인가?"

"……."

"잘 생각해 보게. 고향에서 오매불망 자네가 잘되기만을 바라고 있는 유 총관과 몰락한 가문을 붙들고 병석에 누우신 아버지를 말이야."

묵묵히 듣고 있던 모용천이 입을 열었다.

"내가 벌인 일의 무게는 나도 잘 알고 있소. 지금 내가 돌아간다면 이 일들이 다 덮어지겠소?"

"그럼! 덮을 수 있고말고! 제아무리 나는 새도 떨어뜨린다는 호북양가라지만 무림맹주가 잘만 이야기하면……."

 힘주어 말하던 이소가 갑자기 말문을 닫았다. 자신의 말에 모용천의 마음이 동하는 듯했다가 뭔가 아니라는 느낌이 들었던 것이다.

 "무림맹주가 잘만 이야기하면 내가 벌인 일쯤은 덮을 수 있겠지. 그래, 덮을 수 있겠지."

 눈은 이소를 향하고 있었으나 모용천의 말은 누구도 향해 있지 않았다.

 꿀꺽.

 이소는 마른 침을 삼켰다. 모용천은 다시 이소에게 말했다.

 "그럼 이 사람은 어떻게 되는 것이오? 내 일이 덮어지면 이 사람의 일도 덮어지는 것이오?"

 "……."

 이것이었다. 모용천을 회유하기 위해 내뱉은 말의 끝에 남궁미인이 있기에, 이소는 결국 말을 끝맺지 못한 것이다.

 "아니면 또다시 이 사람을 바쳐, 남궁세가가 그랬던 것처럼 나도 이 사람을 바쳐 살아나는 것이오? 모용세가의 부흥도 이 사람의 피와 바꾸어야 하는 것이오?"

 묵묵부답. 이소는 말이 없었다. 남궁미인은 고개를 숙이고, 모용천은 눈을 치켜떴다.

"그런 거라면 사양하겠소. 그것을 받아들인다면 애초에 내가 이 사람을 살리려고 하지도 않았을 거요."

모용천은 단호히 말하고 남궁미인의 손목을 잡았다.

쿵—

광장에서 도망치며 남궁미인을 이미 안아봤던 모용천이다. 그러나 아무렇지도 않게 잡은 손목이, 손 안에 느껴지는 부드러운 살갗이 심장을 방망이질하는 것이다.

"…갑시다."

잠시 뛰는 심장을 가라앉히고 말한 모용천은 대답을 기다리지 않고 손목을 잡아끌었다. 남궁미인도 순순히 그를 따라 걸음을 옮겼다.

"기, 기다려! 기다리게!"

이소가 황급히 말했다.

"이대로 가면 자네야 아무렇지 않다 해도 남궁 소저는 어떻게 되겠나? 그녀는 이미 호북양가의 사람일세!"

"그게 어쨌다는 거요?"

"생각해 보게. 열녀의 탑대까지 열어가며 천하에 절개를 증명하려던 호북양가의 며느리가 외간 남자와 함께 사라졌다고 말일세! 사람들이 뭐라고 말을 하겠는가?"

"……"

"진실이야 어쨌든 세간에서 남궁 소저를 어떻게 평가하게 될지는 뻔한 일이지 않겠나? 자네가 남궁 소저를 생각한다면 이럴 수는 없네. 제발, 마음을 고쳐먹게."

이소의 말도 일리가 있었다. 이대로 모용천과 남궁미인이 사라진다면 호사가들의 입방아가 어디까지 될지 누가 알겠는가. 남궁미인이라는 이름은 입에 담기도 힘든 저속한 이야기의 소재가 되어 뭇 색정광들의 표적이 될 게 뻔했다.

"신경 쓰지 마세요."

남궁미인이 속삭였다. 그러나 모용천은 고개를 저었다.

"선배가 도와주면 되겠군."

"…뭐?"

뜻밖의 말이었다. 당황하는 이소에게 모용천이 말했다.

"이 장로가 진실을 알리면 되지 않겠소? 남궁… 아니, 양 부인은 아무 죄도 없소. 이건 처음부터 끝까지 내 독단으로 벌인 일이오."

"대체 무슨 소리를 하려는 겐가?"

"있는 그대로를 말하는 것이오. 나라는 놈이, 이 모용천이가 양 부인의 미색에 눈이 돌아가 저지른 짓이란 말이오. 모용천이란 놈이 색을 탐하여 양 부인을 납치했으니, 이 사람은 피해자라고 말이오. 어려운 말이 아니오. 아시겠소?"

모용천의 말이 끝나자 남궁미인과 이소가 동시에 외쳤다.

"무슨 말을 하는 거예요?"

"자네, 제정신으로 하는 소린가?"

모용천은 남궁미인을 보며 미소 지었다.

"물론 제정신이오. 하지만 나는 지금 시간이 없으니 반드시 선배가 도와줘야 할 것이오."

자신을 보지도 않고 말하는 모용천이다. 그러나 이소는 무례하다는 생각을 할 여유조차 없었다.

"자네, 대체……."

"대개방의 팔결장로, 촉망받는 후개께서 무고한 여인의 명예가 더럽혀지는 것을 두고 보지는 않겠지. 믿겠소."

"당신, 대체 그게 무슨……!"

남궁미인이 다시 소리쳤다. 그러나 모용천은 대답 대신 그녀의 손목을 잡아끌었다. 항상 조심스럽게 대하던 모용천이었지만, 지금만큼은 남궁미인의 의사를 무시하고 손에 힘을 주었다.

"……."

남궁미인도 그 기세에 놀라 말을 그쳤다. 지금은 무슨 말을 해도 먹히지 않을 걸 안 것이다.

그렇게 두 사람은 걸음을 재촉했다. 그 뒤에 홀로 남은 이소는 말없이 하늘만 볼 뿐이었다.

*　　　*　　　*

쾅!

굉음과 함께 탁자가 부서졌다.

제아무리 단단한 탁자라도 무림인의 일격을 당해내지 못한다. 따라서 지금 탁자가 부서지는 모습은 하등 놀랄 이유가 없다. 단, 탁자를 부순 주먹이 정파 무림맹주이며 권왕이라는 사내의 것이라면 이야기가 달라지겠지만.

휘익!

사방으로 흩어진 잔해 중 일부가 이치강의 얼굴에 상처를 내고 지나갔다. 실처럼 가늘었던 상처가 금세 짙어지더니 핏방울이 맺히기 시작했다.

"……."

폭쇄권 이치강은 일류를 넘어선 고수다. 날아오는 탁자의 잔해를 피하지 못할 리 없었다. 주름진 얼굴에 난 생채기는 제 주인을 향한 의사 표현인지도 몰랐다.

'내가 뭐랬습니까? 그놈은 중히 여길 놈이 아니라지 않았습니까!'

그러나 거리낄 것 없는 이 노회한 권사에게도 말을 가려야 할 때가 있다. 바로 지금, 권왕이 분노하였을 때 말이다.

"후… 후……."

우진은 중키에 평범한 얼굴로, 겉으로 보았을 때에는 무학

고수라는 느낌이 도무지 들지 않는 이였다. 물론 그 안에 숨겨진 신력과 권법은 당대제일이었지만, 어쨌든 겉보기로는 어디 지방 현청에서 붓이나 잡는 게 어울리는 그런 이였다.

이런 우진의 인상은 그의 성정과도 무관하지 않았다. 실제로 우진은 무림인답지 않게 심계가 깊었고, 감정을 쉬이 드러내지 않는 이였다. 특히 부정적인 감정, 그중에서도 지금처럼 분노를 표출하여 애꿎은 탁자를 부수거나 하는 것은 상상할 수도 없는 일이었다.

십 년이 넘도록 우진을 섬겨온 이치강도, 그가 이토록 화를 내는 모습을 처음 보는 것이다.

자연히 말을 아껴야 했다.

"후……"

탁자의 잔해가 가득한 방 안에서 우진은 깊은 숨을 내쉬었다. 분노는 항상 순간에 지나지 않으며 사태를 해결하는 데 어떠한 도움도 되지 않는다.

우진의 얼굴과 음성은 이내 평소대로 돌아와 있었다.

"다시 말해보게. 뭐라고?"

그러나 혀끝에 돋은 가시가 가라앉기까지는 더 많은 시간이 필요했다. 이치강의 옆에 서 있던 이소는 주체할 수 없이 떨리는 손을 뒤로 감추며 대답했다.

"그, 그러니까… 남궁세가의 여식과 함께 도망쳤습니다.

예, 아니, 아니오. 호북양가의 며느리를 납치해 도주했습니다."

"……."

잠시 이소를 쏘아보던 우진은 시선을 거두고 의자에 주저앉았다. 이소의 말은 오락가락했지만 핵심은 한결같았다.

모용천이 사라졌다!

그것도 엄청난 일을 저질러 놓고!

"끄응……."

머리가 아프다. 우진은 손을 이마에 대며 말했다.

"대체 왜 호북양가의 며느리를 납치한 거지? 이유가 있을 게 아닌가, 이유가. 두 사람이 안면이라도 있는 사이였나? 그럴 일이 없을 텐데?"

이소가 기어들어 가는 목소리로 대답했다.

"그게… 북해로 가던 길에 딱 하루, 남궁세가의 신세를 졌습니다."

"그런 일이 있었다면 바로 보고해야 하지 않소!"

이치강이 소리쳤다. 이소가 억울하다는 듯 되물었다.

"그저 하루 신세 졌을 뿐입니다! 그런 것까지 일일이 보고해야 합니까?"

"허어! 지금 뭘 잘했다고 큰소리요?"

"그만."

우진이 나직이 말했다. 이치강과 이소의 언쟁이 커지기 전에 진압한 것이다. 우진의 차분한 음성이 오히려 두려워 이치강도, 이소도 입을 다물었다.

우진은 이마에서 손을 떼고 두 사람을 번갈아 보며 말했다.

"알다시피 나는 그를 위해 최선을 다했소. 오직 그를 위하여 육대세가의 자리까지 준비해 뒀지. 이 일이 얼마나 어려웠는지는 다들 짐작할 거요."

다 망해가는 모용세가에게 육대세가의 지위를 부여하는 것이 과연 온전히 모용천을 위해서인가는 재고의 여지가 있지만, 어쨌든 우진이 극심한 반대를 무릅쓴 것은 사실이었다. 그만큼 우진의 구상에 있어 모용천은 중요한 위치를 차지하고 있었다.

아니, 모용천의 등장은 우진의 구상을 전면 수정하게까지 만들었던 것이다.

차분하다 못해 허허롭기까지 한 우진의 목소리가 그 상실감이 어느 정도인지를 대변하고 있었다.

"……."

이치강도, 이소도 감히 말하지 못하고 우진의 입이 열리기만을 기다렸다. 이윽고 우진이 다시 말했다.

"이 사부."

"예."

이치강이 주먹을 포개며 대답했다. 우진은 눈을 감으며 대답했다.
"가맹 문파에 공문을 돌리게. 최대한 빨리, 전력을 기울여 모용천을 잡으라고 말일세."
"생포하란 말씀이십니까?"
이치강이 되묻자, 우진은 눈을 가늘게 뜨고 말했다.
"죽여도 무방하네. 아니, 애초에 죽일 작정으로 달려드는 편이 피해가 더 적겠지."
"알겠습니다."
"그리고……"
이치강이 반쯤 숙인 고개를 들었다.
"최대한 빠르게, 아니, 오늘 당장 호북양가와 자리를 마련하게. 내 직접 가서 가주와 만나겠네."
"그 말씀은……?"
"관아에서 우리 일에 간섭하도록 놔둘 수는 없지. 어렵겠지만 어떻게든 설득해야 할 것 아닌가."
호북양가는 호북제일의 권문세가다. 대낮에 며느리를 빼앗겼으니 하늘 높은 줄 모르던 체면이 하루아침에 땅에 떨어진 격이다. 사병이 아니라, 지방 관병을 움직일 수도 있는 일이다.
무림의 일에 관이 끼어들 여지를 주어서는 안 된다. 그 관의 뒤에는 무림맹의 적—어쩌면 제마성보다 더 치명적인—인 남궁세가가 있다면 더더욱 신속히 움직여야 할 일이다.

두 사람을 물리고 홀로 되자 비로소 노골적인 감정이 드러났다. 분노와 짜증, 실망이 섞인 얼굴로 우진은 뱉어내듯 신음 소리를 냈다.

"끄응······."

바닥에 가득한 탁자의 잔해들이 우진의 속을 더욱 심란하게 했다. 순간 치밀어 오른 분노를 제어하지 못했다는 자괴감이 머릿속에 들끓는 것이다.

우진은 다시 눈을 감았다.

우진의 판단은 정확했고 대처는 빨랐지만, 그보다 한발 앞서 호북양가를 방문한 자가 있었다.

"아니, 어찌 여기를······?"

얼마나 뜻밖이었냐 하면, 화가 머리끝까지 차오른 호북양가의 가주 양수창마저 당황해 두 눈을 끔벅일 정도였다.

"오랜만입니다."

"예, 예."

나는 새도 떨어뜨린다는 권력자, 호북양가의 가주를 당황케 만드는 자. 바로 사돈댁인 남궁세가의 가주, 남궁익이었다.

사실 남궁익의 방문 자체가 놀라운 일이라고 할 수는 없었다. 놀라운 일은 그 시기가 다른 때도 아니고 남궁미인이 납치당한—혹은 죽기 직전에 살아난—당일이라는 것이었다.
 "어떻게 이렇게 예고도 없이 오셨소?"
 당황해하는 기색도 잠시, 양수창이 눈살을 찌푸리며 말했다. 사돈댁이라 해도 엄연히 신분의 차가 존재하는 법이다. 게다가 남궁세가가 파견한 무사들이 지키고 있었는데도 이런 일이 벌어진 것이다. 양수창의 시선이 고울 리 없었다.
 "불민한 여식 때문에 심려를 끼친 점, 정말 뭐라 드릴 말씀이 없습니다. 죄송합니다."
 "겨우 그 말을 하려고 오셨소?"
 "……."
 검왕 남궁익도 호북양가의 가주 앞에서는 꿀 먹은 벙어리다. 일신상의 힘을 논하자면 은퇴한 상서쯤은 백 명이 와도 당해내지 못할 것이다. 그러나 반대로 남궁세가의 가주라든지 검왕이라든지, 백 명이 있다 한들 견줄 수 없는 자리가 호북양가의 가주인 것이다.
 더욱이 같은 사돈지간이라 해도 아들 가진 부모는 등을 꼿꼿이 세우는 법이다. 설령 황제라 한들 딸을 시집보내는 부모는 죄인이 따로 없는 게 세상 이치다 보니 남궁익이 고개를 들지 못하는 것도 당연한 일이다.

"말 다 했으면 돌아가 주시오. 지금은 정신이 없구려."

무한에서 남궁세가가 있는 육안까지는 족히 천 리 거리다. 가깝다면 가까울 수도 있지만 옆집도 아니고, 오자마자 돌려보낼 거리는 아니다.

그러나 이토록 치욕스러운 대접에도 불구하고 남궁익은 돌아서지 않았다. 오히려 결연한 얼굴로 양수창을 붙잡는 것이었다.

"지금 뭐 하는 거요? 이거 놓으시오!"

손목을 잡힌 양수창이 불쾌해하며 소리쳤다. 그러나 남궁익은 손을 놓지 않고 대신 고개를 숙였다.

"사돈어른, 이 남궁 모, 이렇게 부탁드립니다. 제발 제 말을 들어주십시오."

"어허! 지금 한시가 급한 마당에 무슨……!"

남궁익의 손을 뿌리치며 소리치던 양수창이 갑자기 말을 그쳤다. 남궁익의 눈빛이 그 입을 다물게 한 것이다.

"사돈어른."

양수창의 손목은 어느새 자유로워져 있었다. 그러나 양수창은 뱀 앞의 개구리처럼 움직이지 못한 채 남궁익의 시선을 정면으로 받고 있었다.

"……"

양수창은 뭐에 홀린 듯 고개를 끄덕였다. 남궁익은 웃으며 말했다.

"옷에 흙이 묻었으면 다른 천으로 털어내셔야지요. 굳이 손을 더럽힐 필요는 없지 않습니까?"

"그, 그렇소."

양수창은 연신 고개를 끄덕이며 대답했다. 남궁익도 마주 고개를 끄덕이며 만족스러운 표정을 지었다.

"똑같은 일입니다. 겨우 이런 일에 대호북양가의 가주께서 친히 신경 쓰실 필요는 없습니다. 다 제가 딸자식을 잘못 키운 죄이지 않겠습니까?"

"그렇지요. 예."

"이 일은 못난 사돈이 알아서 처리하겠습니다. 더는 심려를 끼쳐 드릴 일 없을 테니 안심하시고… 기다려 주십시오."

"예, 예."

남궁익의 말을 제대로 알아들은 건지 아닌지, 양수창은 멈추지 않고 고개를 끄덕였다. 남궁익은 그런 양수창에게 허리 숙여 인사하고 몸을 돌렸다.

"……."

양수창 앞에서 내내 웃고 있던 남궁익이었다. 그러나 몸을 돌린 순간, 봄볕처럼 환한 미소는 간데없고 차가운 눈과 굳은 입술만이 선명했다.

여름 해는 높이 떠서 늦게 진다. 사위가 환해도 더위에 녹았는지 그림자가 길어질 무렵, 한 쌍의 남녀가 아무런 제지 없이 무한의 성문을 나섰다.

광장에서 일어난 일은 이미 무한 전체에 퍼져 성문을 지키는 위병도 알고 있는 바였다. 그러나 그들은 성문을 폐쇄하지도, 검문을 강화하지도 않았다. 누구보다 의아해한 것은 위병 자신들이었지만, 상부의 지시가 내려오지 않는 한 멋대로 행동할 수 있는 자는 없었던 것이다.

바로 같은 문으로 한 중년인이 무한을 떠났다. 중년인은 한 걸음도 망설이지 않고 남녀가 사라진 곳을 향해 걸을 뿐이었다.

그리고 마지막으로 성문을 나온 소문은 이들을 앞질러 혹은 멀어져 가며 전 무림을 향해 뛰고 있었다.

소문은 저잣거리에서 태어나 저잣거리로 돌아간다.
 그 저잣거리 안에서도 소문의 명멸이 확연한 곳은 역시 온갖 인종이 몰려드는 객잔일 터. 식사를 하러 오든 숙박을 하고 가든 셀 수 없이 다양한 사람들이 다양한 화젯거리를 뿌리고 가는 곳이 바로 이 객잔이라는 공간이다.
 그런데 오늘, 하남성 정주의 한 객잔을 찾은 사람들은 모두 한 가지 화제에 집중하고 있었다.
 "들었어?"
 "뭐 말인가?"

"물어보는 걸 보니 모르는구먼. 이렇게 소식이 느려서야, 쯧쯧! 글쎄, 무애검 모용천이가 호북양가의 며느리를 납치해서 도주했다지 않나!"

"뭐? 호북양가의 며느리를?"

"그래! 남궁세가의 여식 말이야!"

봇짐장수인 듯 검게 그을린 얼굴의 두 사내는 소면이 부는 줄도 모르고 대화에 열중하고 있었다.

"그렇잖아도 남궁세가는 호북양가를 등에 업고 위세가 등등하지 않았나? 그런데 정파 무림맹의 간판이랄 수 있는 무애검이 그런 짓을 했다니… 그게 정말인가?"

"예끼, 이 사람! 내가 언제 허튼소리 하는 거 봤나? 증인도 수두룩하다지 않나. 뭣보다 그 뭣이냐, 열녀의 탑대를 열고 목을 매기 직전에 무애검이 난입했다지 뭔가! 글쎄, 무한에 있는 내 팔촌 조카도 직접 봤다니까?"

"허어! 난리도 아니었겠군!"

"그러니까! 글쎄, 호북양가 며느리가 목을 매려는 순간, 무애검이 난입해서 줄을 끊고 단을 파괴했다더라니까? 단 주변에는 남궁세가에서 파견한 청강과검 남궁선과 수십 명의 무사가 있었는데 손도 못썼다지 뭔가."

"괜히 무애검, 무애검거리는 게 아니었군! 청강과검이 어디 보통 고수인가? 그가 지키고 서 있는데 그런 짓을 벌였다니, 정말 대단하구먼."

침을 튀겨가며 이야기에 열중인 것은 다른 탁자도 마찬가지였다. 건너편, 그리고 빈 그릇이 올라 있는 탁자에서는 여인네 둘과 사내 하나가 한창 이야기 중이었다.

"어머머, 그런데 대체 왜 그랬지? 무애검은 앞길이 창창한 젊은 고수잖아? 뭐 하러 유부녀를 구한다고 힘을 쓰고 그랬대?"

"언니도 참, 남녀상열지사를 외인이 어찌 아우? 모르긴 몰라도 두 사람은 이전부터 서로 사랑했던 사이인 게 틀림없어. 그렇지 않고서야 어디 그런 일을 벌일 수 있겠어?"

"얘도 참, 그건 너무 닭살이다. 호호호호호!"

자매인 듯 닮은 여인네들이 입을 가리며 웃었다. 맞은편에 앉은 사내가 고개를 저으며 끼어들었다.

"그건 아닌 거 같아. 내 듣기로는 모용천, 그자가 정파 무림맹 소속으로 활동하고 있지만 색을 탐하기로는 사파의 무리들과 다를 바가 없다더라고."

"에그! 곽 오라버니도 참, 애 앞에서 무슨 말을 하시는 거예요?"

입을 가리며 웃던 여인이 눈살을 찌푸리며 책망했다. 청년은 헛기침을 두어 번 하며 말했다.

"험, 험! 어쨌든 남궁세가의 금지옥엽이야 천하절색이라고 벌써부터 명성이 자자했잖아? 음심(淫心)이 동해서 충동적으로 행한 일이 분명해. 갑자기 나타나서 정도무림의 신성(新星)이네, 무애검이네 띄우는 것부터가 이상했어."

"어머, 그럼 곽 오라버니는 예전부터 무애검을 의심하셨다는 말인가요?"

색을 탐한다든지, 음심이 동했다든지 하는 이야기에 얼굴을 붉힌 소녀가 눈을 동그랗게 뜨고 물었다. 곽 오라버니라고 불린 청년은 가슴을 쫙 펴며 말했다.

"물론이지. 사매, 강호는 사매가 생각하는 것처럼 만만한 곳이 아니야. 눈으로 확인하지 못하고 소문만 믿는 건 무림인이 할 짓이 못 돼. 이번 기회에 잘 알아두라고."

의기양양해하며 청년이 말하자 소녀의 언니가 다시 말했다.

"하지만 그 사람의 무공은 정말 대단한 게 아닐까요? 권왕은 물론, 수왕이나 빙왕조차 그의 재능에 반했다고 하잖아요."

"흥, 그것도 내가 직접 보기 전에는 믿을 수 없지!"

"그래도 비무대회에서 마왕의 아들을 제압한 건 사실이잖아요."

"사매는 이런 말도 못 들어봤어? 호랑이 자식은 틀림없이 호랑이지만, 인간은 그렇지 않다는 말. 아비가 마왕이라고 그

자식도 마왕이라는 법이 있어?"

"흐응……."

청년이 딱 잘라 말하자 두 자매는 샐쭉하니 입술을 내밀 뿐, 더 반론하지 않았다. 두 자매의 행동이 자연스러워 청년의 이런 태도가 하루 이틀 일이 아닌 것 같았다.

그러나 실제로 객잔 안에서 모용천을 이야기하는 사람들 대부분은 청년과 비슷한 관점을 가지고 있었다. 죽음에 직면한 호북양가의 며느리를 납치해 도주한 모용천과 아름다운 사랑 이야기를 연결시킬 수 있는 감성의 소유자는 고작해야 두 자매뿐인 것이다.

모용천, 무애검, 호북양가, 남궁세가…….

동일한 이야기가 조금씩 모습을 바꿔가며 객잔 안을 떠돌고 있을 때 한 거구가 나타났다.

당당한 체격의, 가만히 서 있는 것만으로 존재감을 팽배히 하는 청년이었다.

"……!"

거구의 청년은 망설임없이 걸음을 옮겼다. 그가 향한 곳은 바로 곽 오라버니라는 청년과 두 자매가 마주 앉은 탁자였다.

"뭐, 뭐요?"

단순히 걸어올 뿐인데 곽씨 청년은 깜짝 놀라 경계하며 물었다. 거구의 청년은 아랑곳하지 않고 탁자 곁에 다가가 말했다.

"형장의 목소리가 얼마나 큰지 밖에까지 다 들리더군. 내가 아는 이름이 들리기에 들어와 봤소. 형장은 그 모용천이라는 사람에 대해 무척 잘 아는 것 같으니 내가 뭐 하나 물어도 되겠소?"

"예, 예의없기는! 알고 싶은 게 있으면 먼저 이름을 밝히는 게 순서 아니오?"

곽씨 청년은 얼굴을 붉히며 말했다. 일부러 언성을 높였으나 위엄을 드러내기보다 제 약함을 감추려는 의도가 명확하여 지켜보는 이가 무안할 지경이었다.

청년은 포권을 하며 살짝 고개 숙여 인사했다.

"하북팽가의 팽가력이라 하오. 초면에 실례가 많았소."

팽가력의 입에서 출신이 나오는 순간 곽씨 청년은 물론 객잔 안 모든 사람들의 눈이 한곳으로 향했다.

하북팽가!

물론 가장 당황한 것은 곽씨 청년이었다. 곽씨 청년은 허둥지둥 자리에서 일어나 마주 포권의 예를 취했다.

"바, 반갑습니다. 저는 장선파(張仙派)의 곽, 곽소전(郭素專)이라고 합니다."

장선파는 하남성에 근거지를 둔 명문정파다. 곽소전은 장선파 내에서도 촉망받는 후기지수였는데, 사정이 있어 권왕의 영웅연에 참석치 못했음을 몹시 아쉬워하고 있었다.

그러나 장선파가 유명하다 한들 어디까지나 하남성 내에서의 일이다. 오대세가 중 하나인 하북팽가와는 내적으로나 외적으로나 견주기도 민망한 게 사실이다.

"그런데 어, 어쩐 일로, 아니, 무얼 물어보려는 겁니까?"

팽가력이 대답했다.

"아까 말한 그대로요. 모용천이라는 자에 대해 그렇게 잘 알고 있다니 내 물어보고 싶다는 거요."

"아니, 저는 그렇게 잘 아는 건 아닙니……."

"그래, 잘 알지도 못하는 사람을 두고 음심이 동했네, 색을 탐하네, 운운하셨소? 잘 알지도 못하면서 무공이 뛰어난지도 믿지 못하겠다고 한 거요?"

곽소전의 대답을 자르고 팽가력이 버럭 소리 질렀다.

"……!"

웅혼한 내력이 고함을 타고 객잔을 뒤흔들었다. 곽소전을 향한 일갈이었지만, 마찬가지로 모용천을 이야기하던 모든 이들이 깜짝 놀라 입을 다물었다.

쾅!

팽가력이 주먹으로 탁자를 내려쳤다. 찔끔, 곽소전의 몸이 움츠러들었다.

"모용 형, 아니, 무애검에 관한 이야기는 모두 내가 보증하겠소. 이 팽 모로 말할 것 같으면 일찍이 모용 형, 무애검에게 목숨을 빚진 사람이오! 저 마두 섭영귀도 그의 일검을 당하지 못하고 손 하나를 내주었소! 이는 과장도 아니고 허풍도 아닌, 내 이 두 눈으로 똑똑히 본, 한 치의 틀림도 없는 사실이오! 내 목을 걸고 증명하니, 지금부터 거짓으로 무애검을 욕되게 하는 자는 먼저 나를 거짓말쟁이로 몰아야 할 것이오!"

팽가력의 일장 연설이 끝나고도 객잔 안은 한참이나 조용해, 들리는 소리라고는 오로지 파리 날갯소리가 전부였다.

"아시겠소?"

팽가력이 눈을 부라리며 물었다. 얼어붙어 있던 곽소전이 겨우 대답했다.

"아, 알겠습니다, 알겠습니다!"

곽소전의 대답을 들은 팽가력이 시선을 돌려 객잔 안을 둘러봤다. 팽가력의 시선을 따라 그를 바라보고 있던 손님들이 차례로 고개를 돌렸다.

"흥!"

팽가력은 코웃음 치며 생각했다.

'앞에서는 입도 뻥긋 못할 위인들이 보이지 않는 곳에서 이렇게 물어뜯고 다니는군! 장선파도 오래가지 못하겠구나!'

잔뜩 기가 질린 곽소전을 한 번 쏘아보고, 팽가력은 등을 돌렸다. 넓은 어깨, 커다란 등에 멘 도초에는 하북팽가의 문장이 선명했다.

팽가력이 섭영귀에게 당한 내상은 그리 깊은 것이 아니었다. 문제는 수십, 수백 개의 쇠구슬에 당한 외상이었는데, 보통 사람이라면 즉사했을 것이며 무림인이라 해도 최소 일 년은 병석에 누워 있어야 할 상처였다.

팽가력은 반년 만에 모든 상처를 치료하고 무위를 되찾았으니 이러한 회복 속도는 실로 경이적인 것이었다. 그러나 그 반년 새 모용천이 해냈던 일들, 얻은 명성은 경이라는 말로도 설명할 수 없을 정도였다.

팽가력은 자리를 털고 일어나자마자 모용천을 찾아가기로 결심했다. 병석에 누워서 들었던 강호의 풍문 대부분이 모용천에 관한 이야기였으니, 아무리 생명의 은인이라도 호승심이 절로 일었던 것이다. 물론 어디까지나 은인에게 제대로 된 감사의 인사를 전하는 것이 첫 번째였지만 말이다.

어쨌든, 팽가력이 객잔 안에 들어온 것은 책임없이 말하는 사람들의 입을 틀어막기 위해서였다. 소기의 목적을 달성했으니 더는 객잔에 있을 이유가 없었다.

"장선파의 곽 형이라고 하셨소? 내 잊지 않고 기억하리다."

마지막으로 쐐기를 박고 팽가력은 몸을 돌렸다.

그때, 팽가력의 작은 눈이 곱절은 넘게 커졌다.

"……!"

웬 사내가 팽가력의 등 뒤에 서 있었던 것이다. 코와 코가 한 뼘도 채 떨어져 있지 않은 거리에서 사내는 기분 나쁜 미소를 짓고 있었다.

놀라운 것은 팽가력이 돌아보기 전까지 팽가력은 물론 객잔의 어느 누구도 사내가 언제 들어왔는지 알아채지 못했다는 것이었다. 팽가력과 눈높이가 맞을 만큼 키가 큰 사내, 어두운 피부의 남만인은 흰 이를 드러내며 말했다.

"팽가의 자제인가?"

높낮이가 조금 어색할 뿐, 자연스러운 중원말로 남만인이 물었다.

'위험한 놈이다!'

무인의 본능이 강하게 외치고 있었다. 팽가력은 다짜고짜 보도를 뽑았다.

"……!"

아니, 뽑으려 했다. 하지만 팽가력의 보도는 도초에서 겨우 한 치 남짓 뽑혔을 뿐, 그 이상 나오지 못하고 있었다. 도파(刀把:손잡이)를 잡은 팽가력의 손, 그 위를 남만인의 어두운 손이 덮은 것이다.

"위험하지, 위험해."

남만인은 웃으며 팽가력의 귓가에 속삭였다. 팽가력은 두려움보다 놀라움이 앞서 저항하지도 못하고 귓가를 간질이는 숨결을 견뎌야 했다. 발도를 저지당했을 때, 이미 남만인은 팽가력의 전신을 제압한 것이다.

"……!"

눈으로 보고도, 아니, 눈으로 보지 못했기에 믿을 수 없는 광경이었다. 하북팽가의 작은 주인, 촉망받는 신진 고수라는 팽가력이 이토록 무력할 줄 누가 알았을까? 객잔 안은 충격에 휩싸여 아까보다 더한 고요에 빠졌다.

"대, 대체… 뉘시오?"

움직이지 않는 몸, 팽가력은 간신히 입을 움직였다. 남만인은 팽가력의 귓가에 대고—그러나 객잔 안 사람들이 모두 들을 수 있도록—말했다.

"말해봤자 모를 테니 내 이름은 의미가 없지. 천하에 의미 있는 이름이란 오직 한 사람, 주군일 뿐이지."

"주군……?"

빙글—

남만인은 팽가력을 두고 반 바퀴 돌아 그의 뒤에 섰다. 남만인이 사라진 팽가력의 눈앞에 한 장년인이 서 있었다.

눈처럼 흰옷을 입은 장년인은 이루 형언키 어려운 기도를 발하고 있었다. 팽가력은 아연실색하여 입을 벌리고 백의장년인을 바라봤다. 압도적이라는 말로도 모자란 장년인의 기운은 팽가력 자신이 정체 모를 남만인에게 제압당했다는 사실조차 잊게 만드는 것이었다.

"불경해선 아니 될 일. 예의를 차리게, 젊은 친구."

멍하니 장년인과 마주 선 팽가력에게 남만인이 속삭였다. 그러자 거짓말처럼, 실은 그를 제압한 남만인의 의지대로 팽가력이 무릎을 꿇었다.

비단 팽가력만이 아니었다. 백의장년인에게서 뿜어져 나오는 기운이 미동조차 못하게 만들었을 뿐, 심정적으로는 객잔 안의 모든 사람들이 무릎을 꿇은 것이나 마찬가지였다.

"……."

공기가 얼어붙은 듯 객잔 안은 고요했다. 아직 머무르고 있는 여름이 무색할 지경이었다. 백의장년인의 기운은 사람들의 몸만이 아니라 사고, 더 나아가 시간마저 제압한 것이다.

"이제 곧 자네의 주군 되실 분일세. 그 부름을 남들보다 일찍 받았다고 생각하게."

남만인은 팽가력에게 속삭이고 좌중을 둘러보며 말했다. 한번 얼어붙은 시간을 녹이고, 녹은 시간의 흐름을 한없이 어둡고 어두운 곳으로 인도하는 한마디였다.

"모두 예를 갖추시오. 모두의 주군 되실 분, 마왕이시오."

* * *

짙은 녹음(綠陰) 사이로 내리는 햇살이 따갑다. 차가운 검은 불규칙하게 내리는 광선을 베고, 또 사람의 살을 베었다.
"으헉!"
후두둑!
외마디 비명과 함께 풀빛 선명한 잎사귀 위를 더운 피가 때린다.
콰직!
동료의 피를 머금은 잎을 밟고 나선 이들의 마음은 다른 것이 없다. 이 괴물 같은, 아니, 괴물을 눈앞에 두고 도망칠 수 없다는 원망으로 하나였다.
"으아아악!"
기합이 아니다. 차라리 절규다.
검을 세우고 쓰러진 동료를 넘어 달려드는 자들의 입에서 나오는 소리였다.
챙! 채챙!
쇠붙이 귀 긁는 소리, 번쩍이는 불꽃.
"끄악!"
"으아악!"
이어지는 비명, 그리고 사방으로 튀는 핏방울.
광선은 이제 풀빛이 아니라 핏빛을 환히 비추고 있었다. 녹음은 더 이상 흙 덮은 이끼가 아니라 헐떡이는 시체를 가리고 있었다.

"……."

그 경계에 선 자.

검을 쥔 자 중 유일하게 두 발로 선 사내.

모용천이었다.

바스락—

나뭇잎 부딪치는 소리가 노골적이다. 모용천은 천천히 고개를 돌렸다. 수풀 사이에서 반쯤 몸을 내민 여인, 핏기 가신 얼굴을 한 남궁미인이 있었다.

"…괜찮나요?"

싸움 뒤 안위를 묻는 일. 적어도 이 정도 추격대를 만났을 때만큼은 부질없는 일이라는 걸 남궁미인도 질릴 정도로 알고 있었다.

그러나 어쩔 수 없는 일이었다.

"괜찮소."

모용천도 항상 그랬듯, 짧게 대답했다.

남궁미인은 온전히 수풀 밖으로 나왔다. 모용천을 중심으로 널브러진 시체는 십여 구 남짓. 남궁미인은 찬찬히 시체를 뜯어보며, 또 행여 발끝이라도 닿을까 조심해 가며 모용천의 곁에 섰다.

"이들은… 중무문(中武門) 사람들이군요."

"중무문?"

모용천이 묻자 남궁미인은 고개를 끄덕였다.

"사천(四川) 안에서 손꼽히는 문파지요. 대대로 사천당문의 영향력을 벗어나고자 해왔고, 그 일환으로 최근 정파 무림맹에 가맹한 자들이에요."

"사천……."

"우리가 중경(重慶)을 지나 사천에 왔거나, 최소한 여기가 사천 근처라는 얘기지요."

막상 무한을 빠져나오긴 했지만, 두 사람에게는 정해진 행선지가 없었다. 모용천이 정한 방향은 그저 남궁세가의 반대편이었으니, 두 사람은 서쪽을 향해 막연히 걷고 또 걸을 뿐이었다.

한 마리 말의 네 다리는 두 사람의 네 다리보다 빠르고, 전서구의 두 날개는 말의 네 다리보다 빠르다. 모용천과 남궁미인이 관도를 타고 막 백 리를 갔을 때, 정파 무림맹주가 내린 척살령은 이미 천하 모든 가맹 문파에 전해진 상태였다.

가장 빠르게 움직인 문파는 홍일문(洪一門)이었다.

홍일문은 호북성 내의 군소 문파로, 본디부터 신창권문의 영향권하에 있었다. 장로 급 고수 다섯 명과 삼십여 정예로

구성된 척살대는 우연찮게도 모용천들과 같은 동선을 타, 행적을 쉬이 읽을 수 있었다.

그러나 그 우연 섞인 조우가 홍일문에게 선사한 환희는 오래가지 못했다. 약 사십 대 일의, 어느 면으로 봐도 압도적인 전력 차. 그것은 이미 내려진 맹주의 명령, 즉 어떤 문파도 단독으로 모용천을 상대하지 말라는 조언에 가까운 명령을 무시하게 만들었던 것이다.

충고나 조언이 가진 묘한 성질은 그것을 따랐을 때 성과를 거둘 확률이 반반인 반면, 따르지 않았을 때 크나큰 낭패를 당할 확률은 십 할에 수렴한다는 점이다.

이런 성질은 누구나 머리로 알고 있지만, 막상 일과 마주했을 때에는 잊기가 쉽다. 그리고 쉬이 잊는 자들은 대개 그 대가를 치르게 마련이라, 홍일문이 딱 그 짝이었다.

척살대를 구성하는 고수들은 홍일문 전력의 절반을 상회하였다. 이 말인즉슨 홍일문이 전력의 절반 이상을 한순간에 잃어버렸다는 뜻이었다. 만약 맹주령이 척살이 아니라 포획이었다면 약간의 손해에 그칠 수 있었을 것이다.

어설프게 생포하려는 시도는 도리어 더 큰 피해를 부를 수 있다는 게 우진의 생각이었다. 그러나 이는 구파일방 급에서야 가능하지, 홍일문 같은 군소 문파가 단독으로 행동할 때와는 어울리지 않는 이야기였다.

실제 내려진 우진의 명령 또한 그러한 맥락에서 나왔다. 척살대는 반드시 해당 지역에 위치한 구파일방 급 문파의 통제 하에 움직여야 한다는 게 척살대 구성의 전제였던 것이다.

 만일 우진의 뜻대로, 그러니까 모용천과 남궁미인이 무한을 나온 순간 무당이나 제갈세가를 중심으로 척살대가 구성되었다면 이야기는 한참 달라졌을 것이다. 그러나 우진조차 예상 못한 변수가 개입된 탓에 무당과 제갈세가는 모용천의 척살대와 무관하게 움직였던 것이다.

 덕분에 무한을 떠난 이래 모용천과 만나거나 준비해 둔 곳으로 그를 몰아넣은 자들은 모두 홍일문 급의 이류 방파였다. 그들이 말 그대로 모용천을 척살하려 들었으니, 모용천 또한 곱게 대응할 리 없었다. 하여 두 사람이 무한을 떠나 약 한 달에 걸쳐 지나온 도주로는 기백 구의 시체로 그려져 있었다.

 중무문 사람들의 시체를 뒤로하고 두 사람은 다시 걸음을 재촉했다. 목적지가 있는 것도, 주변의 풍광을 즐기는 것도 아니었다. 그저 언제나 길 위에 있다는, 도중(途中)이라는 감정만이 두 다리를 이끌고 있었다.

 가지에 매달린 잎들은 조금씩 물기를 잃어가고 있었다. 모용천과 남궁미인은 최대한 사람의 흔적이 없는 곳을 골라, 스스로 길을 만들어 가고 있었다. 누가 어디로 가자는 말은 없었지만, 두 사람은 자연스럽게 산속으로 깊이깊이 들어가고 있었다.

 산길만 골라 걷기를 며칠이나 했을까? 모용천은 몇 날 며칠이고 버틸 수 있었지만 남궁미인은 그렇지 않았다. 명문 무가의 자제이기 전에, 이미 여자이고 아직 소녀였던 것이다.
 물론 불평은 하지 않았지만 불편해하는 기색은 감출 수 없었다. 씻지 못해 꾀죄죄한 얼굴을 하루 종일 숙이고 다닌다던지 해진 옷을 기울 수도 없어 너덜거리는 채 다닌다던지 하는 것들은 아무리 둔감한 사내라도 모를 수가 없는 일이었다.
 그런 날들이 하루 이틀을 지나 한 주, 두 주 이어졌으니 슬슬 한계에 부딪쳤다고 봐야 했다. 모용천이 심각하게 산 아래 무림맹의 영향권 안에 들어가기를 검토했을 때 두 사람 앞에 신비로운 광경이 나타났다.
 "어머……!"
 남궁미인이 가볍게 탄성을 질렀다. 그녀의 눈앞에 검은 대나무 숲이 펼쳐진 것이다.
 "흐음."
 모용천도 숲을 둘러보며 놀라움을 표시했다. 두 사람이 지나온 길은 산 위에 제멋대로 자라난 잡목림의 연속이었는데, '자, 여기서부터는 대나무 숲이라고 하자'라며 마치 선이라도 그은 듯 바뀐 것이다.
"이건……."
놀랍고 신비하며, 동시에 석연치 않은 기운이 모용천을 엄습했다. 이와 비슷한 기분을 과거에도 한차례 겪은바 있다.
검왕 남궁익.
그와 만났던 숲을 떠올리게 하는 대나무 숲이었다. 하나부터 열까지 사람 손을 탄, 인위적으로 조성되었다는 느낌.
그러나 남궁세가의 장원 한가운데 세워진 그 숲과 달리, 이 대나무 숲은 산중 깊은 곳에 자리 잡고 있었다. 더구나 규모에 있어 커다란 차이가 있으니, 도저히 사람의 손으로 조성한 숲이라고는 생각할 수 없었다.
미약한 위화감은 기억의 꼬리에 매달려 저 멀리 사라진다. 남궁세가의 숲을 떠올렸을 때 절로 연상되는 것들이 모용천의 머릿속을 가득 채웠다. 그렇게 생각에 잠겨 있던 모용천을 남궁미인이 깨웠다.
"이것 좀 봐요."
퍼뜩 깨어난 모용천의 눈에 남궁미인의 모습이 들어왔다. 한 달 가까이 곁에서 봐왔으나 참으로 생소한 얼굴이 거기에 있었다.
대나무 끝을 손에 쥔 남궁미인은 웃고 있었다. 희미하지만 분명 그녀의 얼굴에 미소가 떠올라 있었던 것이다.

"그게 무엇이오?"

모용천은 놀라움을 애써 감추며 말했다. 물론 대나무를 몰라서 물어본 게 아니다. 다만 남궁미인의 손 안에 쥐여진 것이 대나무 끝이라는 게 의아한 것이다. 활처럼 휘어진 대나무는 당장에라도 제자리로 돌아가고자 몸부림치고 있었다.

"이게 뭐냐면요……."

희미한 미소 위로 또 생소한 표정이 떠올랐다. 장난감을 앞에 둔 어린아이처럼 설레는 얼굴.

"이런 거예요."

피잉!

짧은 말이 끝나기 무섭게 남궁미인의 생소한 얼굴이 사라졌다. 아니, 남궁미인의 몸이 바람 소리를 내며 사라진 것이다.

"……!"

물론 멀쩡한 사람이 사라질 리 없다. 단지 사라진 것처럼 보일 뿐이니, 모용천의 시선은 이미 남궁미인을 따르고 있었다. 남궁미인은 석 장 높이, 모용천의 머리 위에 있었다.

"어때요?"

휘어진 대나무가 몸을 펴면서 남궁미인을 함께 데려간 것이다. 머리 위에서 손을 흔드는 남궁미인의 입가에 주름이 질 정도로 미소가 선명했다.

"……."

처음 보는 환한 미소에 모용천은 할 말을 잃고, 그저 남궁미인을 올려다볼 뿐이었다. 대답이 없자 흥이 식었는지 남궁미인은 땅으로 내려왔다. 천근추의 수법을 썼는지, 다시금 활처럼 휜 대나무와 함께였다.

"왜 그래요? 무슨 일 있어요?"

남궁미인이 고개를 갸웃거리며 물었다. 모용천이 대답했다.

"아니, 아무 일도 아니오."

"흐음."

무한에서는 자신을 둘러싼 모든 것들의 무게에 눌려, 무한을 떠나서는 익숙지 않은 여행의 피곤에 찌들어 미소를 잃은 남궁미인이었다. 하지만 지금 남궁미인은 마치 어린아이처럼 웃고 있었다.

"어려서 배웠던 경신술이 이런 거였어요. 세가 특유의 수련법이었죠."

피잉!

말을 마치기 무섭게 남궁미인의 몸이 날았다. 이번에는 대나무가 몸을 펴지 않고 반대편으로 다시 휘어졌다. 남궁미인의 몸도 따라서 반원을 그리며 반대편에 내려섰다가 다시 발끝을 퉁겨 반원을 그리고 모용천의 곁으로 돌아왔다.

대나무와 함께 땅을 찍었다가 머리 위로 올랐다가, 남궁미인의 재주가 놀라웠다. 하나 그보다 놀라운 일은 빠르고 경쾌한 동작도 우아한 것으로 바꾸어놓는 남궁미인, 그 자체였다.

후천적으로는 도저히 획득할 수 없는 유전적 형질. 같은 동작을 펼쳐도 무언가 다를 수밖에 없는, 타고난 기품이야말로 진정 놀라운 것이었다.

"자."

여전히 미소를 거두지 않은 남궁미인이 손을 내밀었다. 되돌아오는 길, 반원의 정점에서 왼손이 다른 대나무 끝을 잡아챈 것이다.

"어서요."

재촉에, 웃는 얼굴에.

모용천은 엉겁결에 대나무 끝을 받았다. 꼿꼿한 기상을 되찾으려는 짜릿한 탄성이 손안에서 온몸으로 전해졌다. 대나무 끝을 건넨 남궁미인은 왼손을 활짝 펴 흔들었다.

피잉!

남궁미인은 손을 흔들며 날았다. 반원을 그린 게 아니라, 말 그대로 날았다는 말이다. 대나무가 몸을 온전히 편 순간 손을 놔버린 것이다.

"까르르르르!"

급기야 소리 내 웃는 남궁미인의 몸이 대나무의 탄성을 타고 몇 장이나 날아갔다.

까르르르르―

그치지 않는 웃음소리가 멀어졌다. 저 멀리 남궁미인이 다른 대나무를 타고 똑같이 휘였다 나는 모습이 보였다. 이제는 돌아오지 않을 것처럼, 남궁미인은 빠르게 숲 속으로 사라졌다.

피잉!

꿈틀거리던 대나무가 몸을 펴고, 모용천의 몸도 죽림 깊은 곳으로 날았다.

*　　　*　　　*

휙― 휙―

바람이 귓불을 때리고 지나간다.

후두둑― 촤악―

간혹 옷자락이 잎사귀와 엉켜 뜯겨 나간다. 천이 찢어지는 소리도 섞여 들리지만 어차피 낡아 해진 옷이다. 대지의 속박에서 벗어나는 일은 그 자체로 즐겁기만 해 사소한 일쯤은 잊어버리게 만든다. 대나무의 탄력을 빌어 하늘을 나는 기분이라니!

"어디까지 가려는 거요?"

사라졌던 남궁미인은 금세 따라잡았다. 모용천은 그녀와 함께 날며 외쳤다. 바람 소리가 강해 목청을 돋워야 했다.

"글쎄요? 어디까지 가야 할까요?"

남궁미인은 웃음을 흘리며 대나무 끝을 잡았다. 펄럭이는 소매 안으로 흰 살이 보였다.

휘리릭!

남궁미인은 이전처럼 대나무를 휘는 대신 축 삼아 한 바퀴 돌았다. 미처 예상치 못한 모용천의 몸이 그녀를 지나쳐 다음 대나무를 향해 날아갔다.

선이 되어 지나가는 풍경 속에서, 오로지 남궁미인의 얼굴만이 온전히 빛나고 있었다.

"이 숲 끝까지?"

스치는 모용천의 귓가에 남궁미인의 목소리가 들렸다.

휘익— 피잉!

한 박자 멈춘 남궁미인은 다시금 대나무를 휘어 모용천이 지나간 반대 방향으로 날았다. 그러면서도 그녀의 시선은 멀어지는 모용천을 향해 있었다.

'아니면······.'

멀어지는 입술의 중얼거림. 모용천은 다시 대나무를 튕겨 남궁미인에게로 날아갔다.

"······!"

남궁미인의 몸이 순간 흐트러졌다. 대나무가 아닌, 모용천을 보며 뛰다 손을 헛짚은 것이다.
 다시 잡을 생각도 없이 남궁미인은 그대로 낙하하기 시작했다. 그때,
 탁!
 남궁미인이 놓친 대나무 끝을 어느새 모용천이 잡고 있었다. 모용천은 얼른 대나무를 휘며 반대편 팔을 쭉 뻗어 남궁미인의 손을 잡았다.
 피잉! 휙!
 두 사람의 무게와 낙하하는 힘이 더해 휘어진 대나무는, 그만큼 더 강한 힘으로 두 사람을 하늘 높이 날렸다. 숲 위로 떠오른 두 사람. 모용천은 남궁미인을 단단히 안고 대나무 끝에 한 발로 섰다.
 "……."
 품 안에 안긴 남궁미인의 얼굴이 붉어졌다.
 두 사람이 함께 한 달을 지냈지만, 젊은 남녀 사이에 일어날 법한 일은 일어나지 않았다. 모용천은 남궁미인을, 남궁미인은 모용천을. 서로에게 다가가지도, 멀어지지도 않는 거리를 유지하였으니 이처럼 살갗이 닿은 것도 무한을 나온 이래 처음이었다.
 남궁미인은 고개를 돌렸다. 달아오른 얼굴을 보이기 싫었

을 뿐인데, 돌린 눈에는 뜻밖의 광경이 들어왔다.

거대한 산줄기의 완만한 중턱쯤일까, 눈앞이 온통 검은 대나무 숲이었다. 산 위에서 지평선을 말할 수는 없으니 차라리 수평선이라고 해야 할까? 말 그대로 검은 대나무의 바다[黑竹海]가 시야 끝까지 굴곡을 그리며 펼쳐져 있었다.

두 사람은 할 말을 잃고 한참 동안 같은 곳을 바라봤다. 저 멀리 검은 바다가 끝나는 곳, 그리고 검은 바다를 담은 산이 끝나야 할 곳.

"이 숲 끝까지, 아니면……?"

모용천이 중얼거렸다. 아니, 남궁미인이 대나무 사이를 날며 한 말을 되물었다.

그 말을 듣고서야 남궁미인은 모용천의 품에서 벗어났다. 가까운 대나무 끝으로 건너가 선 남궁미인의 머리 위로 바람이 불었다.

"아니면……."

남궁미인은 은은한 미소를 띠며, 한편으로는 안타까운 눈으로 흩날리는 머리칼을 눌렀다.

"어디까지 가야 할까요? 땅끝까지? 바다 끝까지?"

휘이잉—

바람은 모용천의 뒤에서 남궁미인의 앞으로 불고 있었다. 모용천도 날리는 머리를 만지며 남궁미인을 바라봤다. 남궁미인은 대답을 기다리지 않고 계속 말했다.

"끝까지 가면 또 어떻게 되는 거죠? 그곳에서 나는… 우리는 어떻게 하면 되는 거죠?"

"잘 모르겠소."

모용천은 솔직히 말했다.

사사삭―

남궁미인은 아예 손가락을 벌려 머리카락을 이마 뒤로 넘겼다. 시원스럽게 드러난 이마 밑으로 물기 젖은 눈동자가 모용천의 가슴에 박혔다.

"우리는… 무엇을 해야 하죠?"

"……."

할 말도, 할 수 있는 말도 없었다. 모용천은 입술을 깨물었다.

대나무 위에 한 발로 선 남궁미인은 월궁의 천녀가 내려온 듯 아름다웠지만 오랜 도피 생활이 가져다준 피로를 숨길 수는 없었다. 씻지도 못해 더러운 얼굴과 어울리지 않은 낡은 옷을 입은 남궁미인의 모습을 보기가 힘들었다.

그런 모습으로 앞날을 묻는 남궁미인에게 해줄 말이 없다는 것이 사실이며 고통이었다.

"……."

"……."

당장에라도 바람에 날아갈 듯 하늘거리는 남궁미인이 무엇을 생각하는지 알 수 없었다. 어린아이처럼 해맑은 웃음은 사라지고, 다만 위태로운 모습과 불안한 표정이 남아 모용천을 아프게 할 뿐이었다.

"하아……."

남궁미인은 긴 한숨을 쉬었다. 모용천이 대답할 리 없다는 걸 그녀도 알고 있었다. 모용천에게 대답할 자신이 있었다면 지금껏 자신을 다른 사람의 아내로 대했을 리 없었다. 망자의 부인 되어 따라 죽지도 못하게 막았으면서, 매 순간 여전히 망자의 부인임을 자각시킬 리 없었다. 대나무에서 떨어질 정도로 긴박한 순간이 아니면 손끝 하나 닿기를 두려워할 리 없었다…….

"바람이 강하오. 그만 내려갑시다."

결국 모용천이 꺼낸 말은 이 정도였다. 남궁미인은 대답없이 몸을 날려 잎사귀 아래로 사라졌다.

"……."

모용천은 따라 내려가지 않고 대나무 위에서 생각에 잠겼다. 남궁미인이 먼저 손을 내밀었건만 잡을 수 없었던 것은 왜일까? 이런 것도 예상하지 못하고 그녀를 살리기 위해 난리를 피웠단 말인가?

한참 생각에 잠겼을 때, 아래에서 나지막이 비명 소리가 들렸다.

"꺄아악—"

 끝을 올리지 못하고 먹히는 비명 소리. 그 목소리가 누구의 것인지는 생각할 것도 없었다. 모용천은 뛰듯 발을 놀려 아래로 내려갔다.

 검은 대나무 사이, 두꺼운 천으로 입을 가린 채 남궁미인이 끌려들어 가고 있었다.

"읍! 읍!"

 바닥에 내리기를 기다릴 틈도 없었다. 모용천은 서 있던 대나무를 발끝으로 튕기며 몸을 날렸다. 날아가는 모용천의 앞을 몇 개인가의 인영이 가로막았다.

"비켜라!"

 모용천은 고함을 지르며 검을 휘둘렀다.

 파파팍!

 손끝으로 전해지는 둔탁한 느낌이 묘하다. 금속이 아닌, 다른 것에 검이 막혔다는 증거였다.

"꺄아악!"

 모용천의 검을 막은 그림자들이 비명을 지르며 날아갔다. 귓속을 파고드는 날카로운 비명.

'여자?'

 머리로는 의아해하면서도 몸은 멈추지 않는다. 그러나 아주 잠깐의 틈을 놓치지 않고 사방에서 무언가가 모용천을 향해 날아왔다.

휘리릭!

파공음을 내며 모용천을 향해 날아드는 검고 긴 채찍들. 모용천은 제자리에 멈춰 한 바퀴 돌며 검을 휘둘렀다.

서격!

몸과 함께 빙글 돈 검극이 지나간 자리에 채찍의 잘린 부분이 잇달아 떨어졌다.

휘리릭!

그러나 잘린 채찍은 일부에 불과했다. 곧 십여 가닥의 채찍이 재차 모용천을 향해 날아들었다.

촤라락!

모용천의 검이 그리는 방어막을 뚫고 한 가닥 채찍이 무서운 소리를 내며 모용천의 오른 팔뚝을 휘감았다.

촤라라라락!

그 순간을 놓치지 않고 채찍들이 모용천의 사지를 감았다. 모용천의 두 팔과 다리, 몸통과 머리를 휘감은 채찍들이 살갗을 파고들었다.

파파팍!

십여 가닥의 제각기 다른 방향으로 당기는 힘이 팽팽한 채찍 위로 전해졌다. 세기도 세거니와, 채찍이 휘감은 부위와 힘들이 교차하는 방향이 절묘했다. 피륙으로 만들어졌다면 오체분시(五體分屍)를 피할 수 없는 상황이었다.

그러나 머리를 휘감은 채찍 틈으로 사라지는 남궁미인의 모습은 오체분시에 비할 바 아니었다.

"양 부인!"

대나무 그림자에 숨어 보이지 않은 손들이 남궁미인을 끌고 들어갔다. 남궁미인은 끝까지 눈을 부릅뜨고 모용천을 바라보며 검은 숲 속으로 사라졌다.

"빌어먹을!"

모용천이 일갈하며 두 팔을 잡아당겼다. 두 가닥 채찍이 하나는 빈 손잡이를, 하나는 제 주인을 데리고 모용천에게 딸려 왔다.

서걱!

나머지 채찍을 끊고, 모용천은 딸려온 채찍의 주인을 잡았다. 손대면 부러질 듯 좁은 어깨와 가느다란 팔. 여인이었다.

"놔라! 이거 놔!"

몸부림치는 여인은 눈 아래를 검은 천으로 가리고 있었다. 모용천은 서슴없이 여인의 견갑골을 잡았다.

"아악!"

여인이 비명을 질렀다. 그러나 모용천은 손을 놓지 않고 외쳤다.

"나와라! 뭐 하는 자들인지 나와서 정체를 밝혀라!"

"……"

외침을 숲이 먹어버렸는지, 돌아오는 대답은 한마디도 없었다. 모용천은 거침없이 여인을 잡아당겨 검은 천을 뜯었다.

"……!"

젊은 목소리나 몸놀림과는 달리, 천 아래 숨겨져 있던 얼굴은 주름이 가득했다. 쉰, 혹은 예순이 넘은 노파였다.

모용천은 여인의 멱살을 잡고 들어 올렸다. 치밀어 오르는 화를 참을 수가 없었다.

"뭐 하는 자들이냐?"

금방이라도 잡아먹을 듯 눈에 혈기가 등등했다. 그러나 노파는 가소롭다는 듯 콧방귀를 뀌었다.

"흥!"

낭랑한 노파의 콧방귀. 화가 머리끝까지 치밀어 오른 순간에도 고개를 갸웃거리게 만드는 위화감이 있었다.

"……"

모용천은 노파를 놓아주고 한 발 물러섰다. 노파의 검은 옷은 착 달라붙어 몸의 굴곡이 그대로 드러나 있었다. 탄력을 잃지 않은 가슴과 둔부는 이십대라 해도 믿을 정도였다.

낭랑한 콧방귀, 탄력있는 몸매, 얼굴 가득한 주름 사이에 박힌 총총한 눈동자.

모용천은 단숨에 결론을 내렸다.
"무슨 사술(邪術)을 쓰는 자들이냐?"
자신을 놓아준 것에 놀랐는지 도망칠 생각도 못하고 서 있던 노파, 아니, 여인이 말했다.
"불경한 놈! 말을 가려서 해라!"
"뭐? 불경?"
모용천이 되묻자 여인은 기세 등등, 눈썹을 치켜세웠다.
"너희 연놈들이야말로 성지(聖地)에 멋대로 들어와서 소란을 피우지 않았느냐? 홍! 염치도 없지! 현죽림(玄竹林)이 어딘 줄 알고 그딴 장난을 쳐? 그래놓고 뭐? 사술? 염치만 없는 게 아니라 예의도 없군!"
"현죽림?"
"그래! 이곳은 현죽선녀(玄竹仙女)께서 기거하시는 성지, 현죽림이다! 금남(禁男)의 구역에 더러운 발을 들이민 것도 모자라 신성한 현죽을 휘고, 타고 다니며 능멸한 죄! 목숨 말고 무엇으로 갚을 수 있을까? 오호호호호호홋!"
"말이 많구나."
검은 숲, 여인의 말에 따르면 현죽림 속에서 다른 여인이 나타났다. 붙잡힌 여인과 같은 옷을 입고 있었다.
휙!
반사적으로 모용천의 검이 여인을 향했다. 검압에 이는 바람이 여인의 눈 아래 검은 천을 날려 버렸다. 이번에도 주름이 자글자글한 노안이었다.

드러난 얼굴, 주름 위로 홍조가 떠올랐다. 여인은 급히 손으로 눈 아래를 가리며 꾸짖었다.

"정말 무례한 사람이로군!"

여인의 목소리 또한 젊었다. 두 사람 모두 실제 나이는 이십대, 많아야 삼십대 초반일 거란 느낌이었다.

모용천은 검극을 여인의 코끝에 겨눈 채로 말했다.

"무례? 아무 말도 없이 사람을 납치하고 예를 따지려는 건가?"

"납치라니, 말조심하세요!"

여인은 딱 잘라 말하고, 모용천이 뭐라 하기 전에 바로 다음 말을 이었다.

"현죽선녀께서 보고 싶어하실 뿐, 방법이 다소 거칠었던 건 인정하겠어요."

"……"

"소협의 무공이 어느 정도인지는 모르지만 이곳에서는 쓸모가 없음을 아셔야 할 거예요. 동행의 안위가 걱정된다면 더더욱!"

"인질은 내게도 있다."

"꺄악!"

모용천은 팔을 뻗어 놓아주었던 여인을 다시 잡았다. 그러나 말하던 여인은 눈 하나 깜짝하지 않았다.

"인질? 선녀께서는 그런 저속한 짓에 놀아나지 않으십니다. 특히 저 아이는… 참으로 쓸모없는 아이지요. 잡아오라 했더니 오히려 잡히질 않나, 인질로서의 가치가 있을지 모르겠군요."

"저년이!"

모용천의 손에 목덜미를 잡힌 여인이 이를 갈았다. 그러나 손으로 입을 가린 여인은 그녀를 무시하고 계속 말했다.

"우리를 따라와 선녀를 배알할 건지, 아니면 이대로 동행을 잃어버릴 건지, 지금 당장 선택하시지요."

"……."

모용천은 대답하지 않고 여인을 바라봤다. 얼굴을 가린 손등은 희었고, 주름 하나 없이 팽팽했다. 눈가에 가득한 주름과 명확한 대비를 이루고 있었다.

휙!

모용천은 거칠게 여인을 놓았다.

"안내해라."

"이런 불경한 놈! 선녀께서 친히 보자고 하신다면 머리를 조아릴 것이지!"

몇 발짝 떠밀리고 나서야 중심을 잡은 여인이 버럭 소리 질렸다. 뒤늦게 나타난 여인이 말했다.

"그 입 다물어라!"

뒤늦게 나타난 여인의 일갈에 여인이 입을 다물었다. 그러나 그 눈과 앙다문 입가에 불만이 가득 서려 있었다.

"너는 어서 돌아가 손님이 오심을 알려라. 그 정도가 네년이 할 수 있는 최선이겠지."

"……!"

여인은 대답없이 숲 속으로 사라졌다. 그 모습을 보고 뒤늦게 나타난 여인이 말했다.

"저를 따라오시지요."

사악―

몸 돌린 여인은 순간 전신의 터럭이 삐쭉 솟는 느낌이 들었다. 목 뒤에서부터 손가락 끝까지 관통한 듯, 짜릿하면서도 서늘한 기운이었다.

"허튼짓을 할 거라면 지금 하는 게 좋을 거다. 더 지나면 목숨 정도로 끝나지 않을 테니까."

모용천의 목소리에는 이제껏 없었던 독기마저 서려 있었다. 여인은 애써 뛰는 가슴을 누르며, 그러나 떨리는 목소리로 대답했다.

"맹랑하기는. 과연 선녀를 뵙고도 그런 말이 나올까 모르겠군요."

말은 그렇게 했지만 여인은 이미 모용천의 기운에 제압당한 상태였다. 다리가 후들거리는 게 눈으로 보일 정도이니, 적어도 도중에 도망가지는 못할 것이었다.
 "앞장서라."
 차게 식은 모용천의 목소리가 여인을 움직였다.

검은 대나무 숲.

여인들이 현죽림이라 부르는 숲은 완만한 산허리에 걸쳐 있었다. 모용천은 개중 한 여인을 앞세워 숲 속으로 들어가고 있었다.

그저 빽빽이 자라난 것으로 보였던 대나무들이다. 잎을 드 우리고 검은 몸으로 해를 막아 어둠으로 일관된 죽림 안에는 드러나지 않은 길이 있었다. 외인은 결코 알 수 없는, 그러나 거기 분명히 존재하는 길―외부인이 몇 개의 산을 넘어가며 이 죽림으로 올 일도 없겠으나―이 있었다.

"얼마나 더 가야 하지?"

모용천의 목소리에 가시가 돋아 있었다. 당연한 일이다.

"선녀를 배알하는 일이 그리 쉬운 줄 아세요?"

앞선 여인의 목소리도 만만치 않았다. 어쨌든 그녀 입장에서 보면 모용천은 침입자였으니까.

"선녀가 황제라도 된단 말인가?"

"흥! 그깟 황제가 뭐라고! 말이 천자(天子)지, 황제도 사람 아닌가요?"

모용천은 눈살을 찌푸리며 대답했다.

"선녀라는 이는 사람이 아니란 말인가?"

"그럼 선녀가 사람일까!"

여인이 소리를 빽! 질렀다.

사람일까… 사람일까…….

검은 대나무들이 여인의 외침을 되풀이했다. 여인은 걸음을 멈추고 몸을 돌렸다. 검은 천으로 눈 밑을 가린 여인은 두 손을 허리에 대고 말했다.

"현죽림에서 살아가기 위한 제일법칙은 거짓을 말하지 않는 거예요. 설마 선녀라고 부르는 게 당신네 무림인들이 갖다 붙이는 천박한 이름이라고 생각한 건가요?"

"그럼 뭐지? 정말 하늘에서 내려온 선녀인 건 아니겠지?"

"흥!"

여인은 몸을 돌려 성큼 걸어나갔다. 그러면서 따라오는 모용천에게 말했다.

"당연히 그렇지는 않죠. 하지만 선녀께서는 그 이름에 합당한 능력을 가지고 계시기 때문에 선녀인 겁니다. 제발 그 불경한 입 좀 다물어주시지요."

모용천은 속으로 열불이 났지만 조용히 삭이며 여인의 뒤를 따랐다. 반 시진쯤 더 현죽림 속을 헤매었을까? 검기만 하던 눈앞에 빛이 보이기 시작했다.

"……!"

숲이 끝난 게 아니었다. 검은 대나무 숲을 걷고 또 걸어 한가운데에 나무 없이 빈 공간이 나타난 것이다. 몇 리나 되는 대나무 숲으로 둘러싸여 외부와 차단된 지대가 모용천의 눈앞에 펼쳐졌다.

역시나 몸에 달라붙는 검은 옷과 눈 아래를 검은 천으로 가린 여인들 수십 명이 모용천을 기다리고 있었다.

"……!"

그들 중 한 여인이 매서운 눈으로 모용천을 쏘아보고 있었다. 처음 모용천에게 제압당했던 여인. 얼굴이 보이지 않아도 몸의 굴곡으로 알 수 있었다.

모두 같은 차림인데도 신분의 고하가 있는지, 모용천과 함께 온 여인의 태도가 남달랐다. 여인은 살짝 턱을 들고 말했다.
"선녀께서는?"
"궁 안에 계십니다."
한 여인이 앞으로 나서 대답했다.
"별도의 지시는 없으셨나?"
"오는 즉시 모시라 하였습니다."
여인은 고개를 끄덕이고 모용천에게 고개를 돌렸다.
"따라오세요."
여인들이 궁이라고 부르는 건물은 약간 큰 한 채의 집이었다. 대나무를 엮어 만들었을 뿐이었으니 선녀가 기거하는 곳치고는 초라하기 짝이 없었다. 저 상하(常夏)의 땅, 수왕의 고향에서 본 집들이 생각날 정도였다.
하긴 수왕의 집에 비하면 궁이라고 할 만큼 화려했다. 어디까지나 비교했을 때의 일이지만.
안으로 들어가자 높은 단 위에 한 여인이 있었다.
여인은 밖에 있는 이들과 달리 몇 겹으로 겹쳐 풍성한 흰옷을 입고 있었다. 드러낸 얼굴은 백옥같이 희었고, 한 줄의 주름도 보이지 않았다.
대나무를 엮어 만든 집 안에 그림처럼 아름다운 여인, 아니, 소녀. 성긴 벽 사이로 비치는 저녁 햇살이 소녀를 붉게 물들였다.

초라하기 짝이 없는 대나무 집이라는 사실을 잊게 할 만큼 현실감이 사라진 공간. 소녀의 존재가 초라한 흑죽옥을 궁(宮)이라는 이름에 걸맞도록 만들고 있었다.

"어서 오시지요."

소녀는 미소 지으며 말했다. 모용천은 눈살을 찌푸리며 말했다.

"그대가 선녀요?"

모용천의 목소리에는 여전히 가시가 돋아 있었다. 소녀는 살짝 얼굴을 찡그리며 대답했다.

"무례한 사람이군요. 아이들에게 본녀에 대한 이야기를 듣지 못했나요?"

열여섯쯤 되었을까? 현죽선녀는 많아야 십대 후반이 될까 싶은 얼굴이었다. 하지만 모용천을 습격하고 또 데려온 여인들을 아이라고 부르는 것이 전혀 어색하지 않았다.

"내가 무례하다면 다짜고짜 사람을 납치하고 습격한 건 뭐라고 해야 하오?"

모용천은 매서운 눈으로 현죽선녀를 쏘아봤다. 현죽선녀는 웃으며 그 시선을 넘겼다.

"그것은 본녀가 사과하지요. 실로 오랜만에 찾아온 손님이니 정중히 모시라고 했거늘, 전달 과정에서 혼란이 있었나 보네요. 부디 노여움을 푸시지요."

"풀고 말 것도 없소. 데려간 사람이나 돌려주시오. 한시라도 빨리 사라져 줄 테니."

"미안하지만 그건 좀 곤란하군요."

"뭐요?"

"호호홋, 그렇게 정색하실 필요는 없어요. 본녀가 다른 마음이 있어 한 말은 아니니까. 실로 오랜만에 현죽림을 찾은 손님들을 위해서랄까?"

"이상한 수작 부릴 생각 마시오."

모용천은 굳은 얼굴로 대답했다.

이 깊은 산속에서 여인들만 모여 산다는 것부터가 이해할 수 없는 일이다. 게다가 자신들의 거처를 성지라고 부르지 않나, 스스로 선녀랍시고 구는 이 소녀도 전부 수상하기 짝이 없었다.

모용천은 엄지손가락을 튕겨 검날을 살짝 드러냈다.

"당장 꺼져 주겠으니 어서 내놓으시오. 아니면 직접 찾아가겠소."

협박을 당하고도 현죽선녀의 입가에는 미소가 떠나지 않았다. 현죽선녀는 오히려 웃으며,

"무슨 오해를 하시는지 모르겠네요. 곤란하다는 건 본녀의 사정이 아니라 그쪽 사정인걸요?"

하고 말하는 것이었다.

"그쪽 사정?"

모용천이 반문하자 현죽선녀는 말없이 웃으며 손뼉을 두드렸다.

짝짝. 두 번의 경쾌한 소리와 함께 문이 열리고, 누군가 안으로 들어왔다. 남궁미인이었다.

"……."

모용천은 놀라 눈을 크게 떴다. 숲 속으로 사라진 후 오만 가지 상상이 다 들었건만, 놀랍게도 다시 만난 남궁미인은 어느 때보다 편안한 얼굴을 하고 있었다.

"괜찮소?"

어느 틈에 다가선 모용천이 물었다. 남궁미인은 웃으며 대답했다.

"괜찮아요."

남궁미인의 몸에서 대나무 향이 났다. 다시 보니 머리도 곱게 빗고, 깨끗한 얼굴이 살짝 붉은 듯한 것이, 목욕이라도 했나 싶었다. 아닌 게 아니라 옷도 깨끗한 것으로 갈아입어 오랜만에 그 미모가 십분 드러나는 것이다.

눈앞의 현죽선녀도 이 초라한 죽옥에 궁이라는 이름을 붙일 만큼 아름다웠지만 남궁미인의 앞에서는 초라하기만 했다. 태양 아래 반딧불이라는 말을 이럴 때 써야 할 것 같았다.

"저들이… 무슨 해코지라도 한 게 아니오?"

모용천이 묻자 남궁미인과 함께 들어온 흑의여인들이 눈살을 찌푸렸다. 남궁미인은 두 팔을 들며 대답했다.

"그 반대예요. 이렇게 씻겨도 주고, 옷도 주던걸요?"

모용천은 남궁미인과 눈을 맞췄다. 저들이 무슨 사술이라도 쓴 게 아닌지 의심이 들었던 것이다. 그러나 남궁미인의 눈은 맑고 또렷해 아무런 기미도 보이지 않았다.

모용천은 다시 현죽선녀를 돌아봤다. 현죽선녀는 예상했다는 듯 고개를 끄덕이며 말했다.

"본녀의 말이 무슨 뜻인지 아셨나요? 곤란한 건 우리가 아니라 그쪽이에요. 정확히 말하자면 소협의 동행이지요."

"……."

"아시는지 모르겠지만 이 현죽림을 나가도 사람 사는 곳은 쉬이 나오지 않아요. 산을 내려가는 데에만 족히 이틀은 걸리고, 사람이 사는 곳까지는 사흘 넘게 걸리지요."

현죽선녀는 잠시 말을 끊고 모용천과 남궁미인을 훑어보았다. 모용천은 굳은 얼굴로 현죽선녀를 보면서도 수시로 남궁미인을 돌아보는데, 두 사람은 손도 잡지 않고 있었다.

"어떻게 이곳까지 흘러들어 왔는지 모르겠지만, 여성분은 지금 심신이 몹시 지쳐 있는 상태예요. 며칠간 정양이 필요하다는 걸 소협도 알고 있을 텐데요?"

물론 모용천도 알고 있었다. 오랜 도주와 노숙, 익숙하지 않은 생활에 남궁미인의 몸이 버티지 못하고 있다는 것을. 그렇지 않으면 어찌 대나무에서 떨어질 뻔했을까?

모용천의 굳은 얼굴에 미세한 틈이 벌어졌다. 남궁미인이 걱정스레 속삭였다.

"난 괜찮아요."

모용천은 남궁미인을 보고 다시 현죽선녀를 봤다. 현죽선녀는 모든 걸 다 알고 있다는 듯 여유로운 얼굴로 모용천을 내려다보고 있었다.

"본녀는 그저, 순수하게 걱정이 되어 하는 말이에요."

결국 모용천과 남궁미인은 현죽림에서 하루를 쉬어 가기로 했다. 현죽선녀는 자신의 궁과 마찬가지로 대나무를 엮어 만든 집을 한 채 내어주었고, 소박하게나마 연회를 베풀어주었다. 산채와 죽순이 재료의 전부였으나 이런 상을 받아본 것도 오랜만이었다.

"차린 건 없지만 많이 드시지요."

연회에 참석한 것은 일부 흑의여인들이었다. 그녀들의 설명에 따르면, 현죽선녀는 대개 궁 안에 기거하며 밖에 잘 나오지 않는다고 했다.

괜찮다고, 어서 나가자고 한 것은 남궁미인이었고 하루를

묶기로 결심한 것은 모용천이었다. 그러나 막상 남궁미인의 얼굴은 편안하기 이를 데 없었다.

남궁미인의 편안한 얼굴을 보며 모용천은 안도감과 씁쓸함을 동시에 느꼈다. 목숨을 살린 것 외에 자신이 그녀에게 무엇을 해주었는지, 또 앞으로 무엇을 해줄 수 있는지에 생각이 미친 것이다. 단지 편안한 얼굴로 웃게 해주는 것도 모용천은 하지 못했던 일이다.

연회라고 해도 술이 있는 건 아니었다. 자연 분위기가 무르익거나 자연스레 파장이 이루어지지도 않았는데, 어쨌든 얼추 준비한 음식이 사라져 가는 때에 한 흑의여인이 물어왔다.

"그런데, 두 분은 무슨 관계죠?"

묻기는 한 사람인데 듣기는 여러 사람이다. 모두가 그게 궁금했는지 귀를 쫑긋 세우며 모용천과 남궁미인을 보는데, 드러낸 두 눈이 반짝거려 부담스러울 정도였다.

"……"

무슨 관계?

잠시 할 말을 잃은 모용천은 가까운 곳에서 시선을 느끼고 고개를 돌렸다. 옆에 앉아 있던 남궁미인이 가만히 자신을 바라보고 있었다.

답안지를 보는 감독관이 이런 눈을 하고 있을까?

"음……"

어떤 대적을 상대하더라도 이처럼 곤란하지는 않을 것이다. 모용천은 무슨 말이라도 하려고 했지만, 도무지 입술이 떨어지지 않았다.

모용천이 한참 머뭇거리기만 할 뿐, 대답할 기미가 보이지 않자 남궁미인이 한숨을 쉬며 말했다.

"이분은 저의 은인입니다. 목숨을 구해주셨지요."

"아아!"

무슨 말이 나올까 잔뜩 기대하고 있던 여인들이 일제히 탄성을 질렀다.

"……"

그 뒤로 남궁미인이 뭐라 말을 하고, 여인들은 숨죽이며 듣다가 웃기도 하고 또 소리를 지르기도 하였다. 그러나 바로 옆에 앉았으면서 모용천은 남궁미인의 말이 하나도 들리지 않았다. 남궁미인이 내쉰 가벼운 한숨. 그 한숨 소리가 모용천의 귓속에 틀어박혀 나올 생각을 하지 않는 것이다.

"그래서요?"

"까르르르르! 그래서 어떻게 되었는데요?"

누구 할 것 없이 이야기 삼매경에 빠진 여인들 틈이 거북했다. 모용천은 슬며시 자리에서 일어나 밖으로 나왔다.

"후……"

싱그러운 대나무 향이 밤공기와 섞여 코 안으로 들어왔다.

하늘에는 상현달이 홀로 밝았다. 보름이 머잖은 것이다.
 '벌써 일 년인가.'
 찬 공기와 달이 지나간 시간을 말해주고 있었다. 모용천이 세가의 영화를 수복하겠다며 심양 땅을 떠난 지도 벌써 일 년 전의 일이었다.
 일 년.
 세가를 떠날 때의 마음이 어땠는지, 지금과 무엇이 달라졌는지 모용천은 가만히 떠올려 보았다. 그저 답답했던 세가를 떠나고 싶은 마음만 앞서 유 총관에게 떼를 썼던 기억이 먼저였다.
 어리다, 참으로 어렸다.
 일 년이 지나고, 나는 그때로부터 얼마나 성장하였을까? 자문해 봤지만 답은 나오지 않았다.
 남궁미인을 생각하고, 유 총관을 생각하고, 아버지를 생각하고, 누구를 생각해도 마음은 무겁기만 했다.
 그때, 어둠 속에서 누군가 다가왔다. 모용천은 고개를 돌려 말했다.
 "…누구요?"
 "나예요."
 가볍게 날아 모용천의 옆에 선 여인. 눈 밑을 가렸으나 알아볼 수 있다. 모용천을 안내해 온 여인이었다.

"뭐요?"

"늦지 않았군요."

모용천의 옆에 선 여인이 말했다.

현죽선녀에게 안내한 뒤로 보이지 않던 여인이었다. 연회에도 참석치 않았던 그녀가 갑자기 나타나 뜻 모를 소릴 하는 것이다.

"늦지 않았다고? 그게 무슨……?"

되묻던 모용천이 말을 멈췄다. 갑자기 혀가 움직이질 않는 것이다.

"……!"

반사적으로 모용천이 검을 날렸다. 그러나 어찌 된 일인지 손과 발이 한없이 느리고 또 느렸다. 피하는 흑의여인이 모용천의 시야에 들어온 마지막 광경이었다.

모용천은 정신을 잃고 쓰러졌다.

* * *

호북양가의 며느리이자 남궁세가의 여식이 열녀의 탑대라는 의식의 한가운데에서 납치당했다.

범인은 정파 무림맹이 자랑하는 신진 고수, 아니, 신진 고수라는 말로는 설명이 불가능한 자. 거칠 것 없는 언행과 손속으로 '무애검'이라는 별호를 얻은, 그 자체로 파격인 자, 모용천이다.

무한에서 발발한 이 사건이 미칠 파장이란 실로 엄청난 것이었다. 사람들은 누구나 정파 무림맹의 위신이 땅에 떨어졌으며, 모용천이라는 자가 사실은 음탕하기 이를 데 없는 색마라고 수군거렸다.

권왕의 영웅연에서 제마성의 행사를 방해하고, 수왕과 빙왕을 정도무림의 편에 서게 했던 등, 일 년 새 모용천이 일구어낸 놀라운 업적들이 일시에 사라진 것이다. 대신 남은 것은 여색에 눈이 멀어 명예와 가문을 버린 모자란 놈이라는 평가뿐.

그러나 두고두고 회자되어야 할 이 사건은 곧 사람들의 뇌리에서 잊혀지고 말았다. 남궁세가의 여식이 납치당했다? 이쯤은 우습게 치워 버릴 일이 일어난 것이다.

모든 중원인의 이목을 하나로 모아 다른 생각은 감히 하지도 못하게 만든 일.

바로 마왕의 출현이었다.

"꺼어… 끅!"

사내는 한껏 일그러진 표정으로 제 목을 조르더니, 이내 바닥에 쓰러졌다. 제 목을 졸랐다기보다는 그저 목이 괴로웠다고 하는 편이 옳을 테지만.

"저, 저런!"

"저것이……!"

멀찍이, 거품을 물며 쓰러진 시체를 보며 탄성을 지르는 사내들이 있었다. 일렬로 늘어서 평원을 가로지른 사내들은 저마다 손에 한 자루 장검을 들고 있었다.

여기 일렬로 선 사내들은 저마다 눈에는 영기가 흐르고 몸에서 충실한 기운이 일렁이니 고수 아닌 자가 없었다. 이런 자들이 백 명이나 모였다면 일이 있어도 보통 큰일이 아닌 게다.

맞다.

보통 큰일이 아니다.

육 년 만에 마왕이 강호에 다시 나왔으니 큰일이 아니겠는가?

"으음……!"

그 무위를 목도하지 않았더라면 눈앞의 장년인이 마왕이라는 사실을 누구도 믿지 못했을 것이다. 시체 앞에 선 백의 장년인. 마기(魔氣)라든가 악의와는 관련이 없어 보이는, 청수한 인상의 문사로 보이는 저 장년인이 바로 마왕 황종류라는 것을!

"…제갈세가?"

무료한 눈으로 둘러보던 황종류의 시선이 한곳에 멈췄다. 사내들 중 가운데 선 장년인, 제갈세가의 가주 제갈창운이었다.

지목을 예상했건만, 황종류의 시선을 받자 제갈창운은 가슴이 철렁 가라앉았다. 제갈창운은 애써 가슴을 진정시켰다.

두 사람이 모이면 한 사람을 이기고, 세 사람은 또 두 사람을 이긴다. 숫자는 곧 힘을 의미하니 하루에도 수십, 수백 개의 문파나 련, 맹들이 세워지고 무너지기를 반복하는 것이다.

지금 자신에게는 백 명의 고수가 함께하며, 마왕은 이름 모를 남만인을 하나 거느릴 뿐이다. 아무리 마왕이라지만 두려워할 이유가 없다!

"나를 기억하는군!"

제갈창운이 대답했다. 고요하면서도 긴, 심후한 내공이 실린 목소리였다.

"……."

마왕은 대답 대신 고개를 돌렸다. 두세 걸음 뒤, 덩치 큰 남만인이 서 있었다.

비청면주 아자할, 그의 이름이었다.

"끼어들지 말라."

마왕이 가볍게 말했다.

"물론이죠."

안 그래도 그럴 생각이다. 마천상야공이 발동하였을 때, 곁에 가고 싶은 자가 누가 있을까? 아자할은 두 어깨를 올리며 여유롭게 웃어넘겼다.

제갈창운이 다시 한 번 소리쳤다.

"무슨 생각인지 모르지만 그대는 무림공적! 제마성이라는 불온한 단체를 만들어 천하를 어지럽히고 있으니 그 죄가 하늘에 닿고 땅을 덮도다! 지금 나는 제갈창운이 아니라 제갈세가의 가주, 무림의 한 구성원으로 대의(大義)를 위해 나섰으니 공정치 않다고 욕하지 마라!"

"하앗!"

제갈창운의 말이 신호였는지, 좌우로 늘어선 백여 명의 검수가 일제히 외쳤다. 치켜든 백 자루 검이 눈부시며 또한 무시무시했다.

"쳐라!"

제갈창운의 고함 소리와 함께 백 자루 검이 앞으로 쏘아졌다.

싱긋.

아주 살짝, 마왕의 미소가 입가에 걸렸다. 대적이라 하기엔 부족하지만 다수(多數)라는 힘이 잊고 있었던 감각을 일깨운 것이다.

화아아아악!

마왕의 몸이 검은 기운으로 화하여 사방으로 흩어졌다. 다급히 물러서는 아자할의 눈앞에 마치 그물처럼 제갈세가의 무사들을 덮치는 마천상야공의 기운이 펼쳐졌다.

"요란하군, 요란해."

두려우면서도 즐거운 목소리로 아자할이 중얼거렸다. 육 년 만에 이루어진 마왕의 강호 나들이. 이것은 말 그대로 시작에 불과한 것이었다.

콰콰콰콰콱!

"으아악!"

"커헉!"

마천상야공의 검은 기운은 칼날처럼 백 명의 고수 사이를 헤집고 다녔다. 검은 기운이 지나간 자리에는 명 잃은 시체들만 가득했다.

"요란하군……."

제갈세가의 무사들을 유린하는 검은 기운을 보며 아자할은 같은 말을 반복했다. 그가 할 일이라고는 이것뿐이었다.

우진이 그런 아자할의 처지를 알았더라면 부러워했을 것이다. 그에게는 할 일이 너무나 많았으니까. 하지만 따지고 보면 두 사람의 처지가 그리 다른 것은 아니었다.

할 수 있는 일이 없기는 우진도 마찬가지였다.

"……."

 새 것으로 교체한 탁자가 또 부서지지나 않을지, 이치강의 염려를 헤아린 듯 우진은 눈을 감고만 있었다. 항상 그렇지만 침묵이 더 무서운 법이다.

 "…대체 왜?"

 무거운 침묵을 깨고 우진의 입에서 나온 첫마디였다. 그 물음이 자신을 향하지 않음을 알고 있기에 이치강은 대답하지 않았다.

 "황 선배는 대체 왜 이런 때에 나타난 거지? 사파무림도 다 제압한 게 아닐 텐데?"

 오랜 물밑 공작 끝에 나타난 제마성의 실체는 실로 거대하고 두려웠으나, 우진의 말처럼 사파무림을 일통한 것은 아니었다. 무엇보다 십왕 중 한 사람인 사왕 좌오린이 백사궁(白蛇宮)을 만들어 제마성에 합류하지 않은 사파의 고수들을 초빙하고 있었다. 사왕 좌오린 또한 황종류에 뒤지지 않는 고수로, 그가 일으킨 파장은 결코 무시할 수 없었다.

 그런 상황인데.

 왜? 마왕은 준비도 덜된 상태에서 홀로 강호에 나왔는가?

 그것도 하필이면 이런 때에!

 호북성에는 무당과 제갈세가가 있다. 이들이 나섰다면 모용천을 잡는 것은 어려운 일이 아니었을 것이다. 아니, 실제로 이들은 맹주 우진의 명을 받들어 모용천을 잡기 위해 나섰다.

바로 마왕이 나타나기 전까지 말이다.

쾅!

우진의 주먹이 탁자를 내려쳤다. 힘을 싣지는 않았는지 탁자는 흔들릴 뿐, 제 모양을 갖추고 있었다.

"당장 공문을 돌리게. 마왕에게 손대지 말고 하달한 명령, 모용천의 척살에만 전념하라고."

이 말은 정확히 자신을 향한 것이다. 이치강은 포권하며 대답했다.

"예!"

그러나 대답하는 이치강도 자신이 없었다.

정파 무림맹이 적어도 가맹한 문파들은 장악하고 있다고 생각했건만, 그 믿음이 너무나 쉽게 부서진 것이다. 마왕이 출현했다는 사실 하나만으로 말이다.

무당과 제갈세가는 모용천을 군소 방파에게 미뤄두고 마왕을 잡기 위해 단독 행동을 하기 시작했다. 제갈세가는 벌써 마왕과 접촉해 백 명의 고수를 잃고 패주했다는 전갈이 당도했다. 무당이라고 크게 다를까.

이치강은 절레절레 고개를 저었다.

게다가 빌어먹을 마왕이라는 놈은 머릿속에 조심스러운

행보 따위의 말은 들어 있지 않은 듯 행동하고 있었다. 어딜 가든 마왕을 봤다는 제보가 이어지니 그 행적이 멀리 무한에서도 파악 가능할 정도였다.

이건 숫제 자신을 죽이러 오라고 소리치며 다니는 꼴이었다.

아니면 자신에게 죽으로 오라는 말이던가.

두렵지만 이 얼마나 달콤한 말인가. 수행원 하나만 데리고 강호를 돌아다니는 마왕이라니. 마왕을 잡으면 그 명성이 하늘을 찌를 텐데 어느 문파가 이 기회를 놓치겠는가.

"나라도……."

놓치고 싶지 않을 것이다. 우진이 중얼거렸다.

그 역시 마왕과 싸워 권왕이라는 이름을 얻었으니까.

그러나 지금 마왕을 노리는 자들 중 우진이 있을까, 또는 우진과 같은 이가 있느냐라는 질문은 허무한 것이다. 있을 리 없다. 그런 자는 오직 무림맹에 반대하는 오대세가의 삼왕뿐이니까.

'내가 간다……?'

우진은 움직이지 못한다.

맹주이기 때문이다.

마왕이 홀로―혹은 한 사람의 수행원만을 두고―강호에 나왔다 하여 다른 이들처럼 다수의 병력을 동원해 잡으려 드는 것은 해선 안 되는 일이다.

설령 우진이 홀로 나선다 해도 이건 그림이 되질 않는다.

이미 제갈세가가 마왕과 싸웠고, 무당과 백학파가 움직인 상태다. 애초에 황종류의 움직임이 포착되자마자 우진이 움직였으면 모르되, 지금 상태에서는 우진이 나서봤자 마왕이 상대한 다수의 적 중 하나로 전락해 버리고 마는 것이다.

맹주는 작은 바람에 흔들리지 말아야 하는 자리다. 적어도 제마성이 군세를 일으켜 정마대전이 일어나기 전에는, 우진은 꿋꿋이 제자리를 지켜야 한다. 그렇지 않으면 아직 무림맹의 통제하에 있는 문파들도 신뢰를 거두어들일지 모른다.

그런 우진의 처지를 알기 때문에, 아니, 알아서 일부러 이러는 건지도 모른다는 데에 생각이 미쳤다.

'황 선배라면 능히 그러고도 남을 위인이지.'

그렇다면 이는 행동으로 전하는 말이다.

가만히 보고 있어라. 나는 내 일을 할 것이니.

제마성은 이미 마왕의 행보에 대한 담화문을 발표했다. 저 소심하기 짝이 없는 천리안 진첩결이 쓴 담화문답게 주절주절 말이 많았으나, 요점만 간추려 보면 간단하다.

마왕은 개인적인 일로 강호에 나왔다. 그러니 건드리지 마라. 그러면 마왕도 먼저 건드리지 않을 것이다.

이런 담화문이 없으면 또 모른다. 하지만 정식으로 듣고도 나서지 않으면 숫제 겁쟁이, 병신으로 몰릴 게 뻔하지 않은가? 우진은 그런 수모를 참고 견디는 것이 진정한 용기라고 생각하지만, 누구나 내 마음과 같을 수는 없는 노릇이다.

어찌하면 좋단 말인가?

우진에게는 힘든 시기였다.

* * *

"......!"

퍼뜩 정신이 돌아왔다.

파곽!

급하게 몸을 일으킨 모용천은 검을 뽑았다.

쿵!

그러나 검을 뽑기도 전에 머리가 단단한 무엇에 부딪쳐 큰 소리를 냈다. 그러나 아픔을 느낄 새도 없었다. 모용천은 허리를 굽힌 상태에서 검을 뽑았다.

그러나 허리춤은 비어 있었다.

대체 어떻게 된 일인지 혼란스러운 무렵, 익숙한 목소리가 들렸다. 모용천을 안내했던, 정신을 잃기 전 마지막으로 이야기를 나누었던 여인이다.

"벌써 깨어났나요?"

목소리가 들린 방향으로 고개를 돌렸을 때, 모용천은 비로소 눈이 보이지 않는다는 걸 깨달았다.

"이게 무슨 짓이오?"

모용천의 처지를 눈치챈 듯, 여인의 목소리는 한결 여유로웠다.

"아직 시력이 돌아오지 않았군요?"

"……."

"너무 걱정하지 마세요. 길어야 한 시진이면 돌아올 테니까."

여인의 목소리는 한껏 호의적이었지만, 모용천은 경계를 풀지 않았다. 그런 모용천을 이해한다는 투로 여인이 말했다.

"알고 있어요, 알고 있어. 당신이 눈 때문에 불안해하는 게 아니라는 것쯤은 알고 있다고요. 하지만 지금은 안 돼요. 그녀가 걱정된다면 지금은 참아야 할 때예요."

"무엇을 참으란 말이오? 양… 양 부인은 어디 있소? 어디에 있냔 말이오!"

모용천은 짐짓 격앙된 목소리로 외치며, 속으로 내공을 일주천했다. 막히는 곳은 없다. 내상을 입거나 그러한 쪽으로 손상을 입히는 약은 아니었다는 확신이 들었다.

"쉿! 목소리를 낮추세요. 선녀가 알면 일이 틀어지니까!"
 선녀를 말하는 여인의 목소리에서 여유가 사라졌다. 대신 긴박하면서도 떨리는 감정. 이전에 볼 수 없었던 어떤 증오가 서려 있었다.
 "내 얘기를 잘 들으세요. 지금은 시간이 없으니 한 시진 후 다시 올게요. 여기는 현죽림 뒤편에 뚫어놓은 토굴이에요. 나 외에는 아무도 모르니 안심하셔도 돼요. 자, 받아요."
 손에 익은 물건이 모용천의 손안에 들어왔다. 모용천의 검이었다.
 "운기조식이라도 하면서 기다리세요. 혹, 내가 오기 전에 눈이 보인다고 섣불리 행동하지 마시고요. 나는 당신을 해치지 않아요. 믿으세요."

 여인이 돌아온 것은 한 시진 후, 정확히 모용천의 눈이 다시 보이기 시작한 순간이었다. 겨우 두 사람이 마주 앉을 만큼 좁은 토굴 속에서는 작은 기름등 하나만으로도 눈부셨다.
 "대체 무슨 일인지 설명해 보시오."
 다짜고짜 묻는 모용천의 앞에서 여인은 대답 대신 얼굴을 가린 천을 벗었다. 주름이 자글자글한 얼굴이 드러났다.
 "내가 몇 살 같아 보이죠?"
 뜬금없는 질문이었다. 그러나 여인의 시선이 무거워 모용천은 진지하게 대답했다.

"얼굴만 봐서는 예순도 넘은 것 같소. 하지만 그 외에는 이십대로 보이는데, 솔직히 잘 모르겠소."

"내 나이는 올해로 스물여섯이에요."

여인은 담담하게 말했다. 오히려 놀란 것은 모용천이었다.

"스물여섯?"

여인은 고개를 끄덕이며 말했다.

"여기 있는 여자들의 절반은 십대 후반에서 이십대 초반이지요. 나는 개중 좀 많은 편이지만."

모용천이 얼굴을 본 것은 두 사람에 불과했다. 하지만 실제 나이와 달리 얼굴만 늙은 것은 두 사람뿐이 아니라 다른 여인들에게도 해당하는 이야기였다.

"그렇군."

이들이 겉보기와 실제 나이가 다르다는 것은 모용천도 짐작한 바였다. 그러자 여인이 다른 것을 물었다.

"그렇다면 선녀는 어떻죠? 선녀의 나이는 어떤 것 같나요?"

"선녀는……."

선녀야말로 십대 중후반의 소녀였다. 하지만 여인의 질문엔 어딘가 모를 뼈가 있었다. 모용천이 쉽게 대답하지 못하자 여인이 말했다.

"선녀는 어리게 보이지만 우리와 정반대이지요. 사실 나도 그녀가 몇 살인지 몰라요. 내가 처음 그녀를 봤을 때부터 그녀는 줄곧 그런 얼굴을 하고 있었으니까."

"그런 얼굴이라고?"

"그래요, 소녀의 얼굴. 하지만 그건 내 어머니도, 어머니의 어머니가 봤을 때에도 마찬가지였을 거예요. 선녀는 언제나 소녀였지요."

"그게 가능한 이야기요?"

모용천은 눈살을 찌푸리며 말했다.

"처음 우리의 얼굴을 봤을 때 당신이 한 말, 기억하나요?"

모용천은 기억을 더듬어 대답했다.

"사술을 쓴다고… 했지."

"맞아요. 바로 그렇죠. 선녀는 사술을 쓰는 자예요. 홍, 그런 주제에 선녀? 가소롭지도 않은 이야기지요."

여인의 이야기는 이랬다.

현죽림은 한때 화전민들의 마을이었다고 한다. 각자의 사정으로 밖에서 일반 백성들과 어울리지 못하는 몇몇이 일군 마을에 언제인가 한 소녀가 나타났다.

순진한 얼굴로 마을에 나타난 소녀는 어떻게 구워삶았는지 마을 어른들을 설득해 한 채의 집을 받았다. 그리고 소녀 자신도 마을의 한 구성원이 되어 살기 시작했다고 한다. 아무도 그녀의 과거가 어땠는지, 대체 무슨 일이 있어 이 깊은 산속에 들어와 나가려 하지 않는지 묻지 않았다. 그네들 또한 비슷한 처지로 그저 짐작이나 할 뿐이었다.

"일은 그 뒤에 벌어졌지요."

어느 순간, 마을의 남자 어른들은 모두 이지(理智)를 잃고 소녀의 말만 듣는 꼭두각시가 되어 있었다. 소녀는 순진한 얼굴로 남자들을 유혹하고, 사술로써 그들을 지배한 것이다.
소녀의 명령에 따라 남자들은 마을의 여인을 죽이고, 아들을 죽이고, 또 서로를 죽였다. 결국 마을에 남은 것은 달거리를 하지 않은 계집아이뿐이었다.
소녀와 어린 계집아이들.
그것이 현죽림의 시작이었다.

"본래 이 주변에는 대나무가 별로 없었다고 해요. 이것도 외부인을 막기 위해 선녀가 심고 기른 것들이지요."
"왜? 왜 그런 짓을 한 거요?"
모용천이 묻자 여인의 주름진 얼굴에 노기가 피어올랐다. 기름등의 불이 흔들리고, 얼굴에 드리운 그림자가 따라서 흔들렸다.
 "왜냐고요? 선녀는 영원한 젊음을 누리고 싶기 때문이죠."
 "……."
 "스스로 선녀라고 하지만… 예, 그녀는 마녀예요, 마녀. 처녀들의 생명력을 빼앗아 자신의 것으로 만드는 마녀. 내 얼굴이 왜 이런 줄 아직도 모르겠어요? 마녀의 사술에 걸려 젊음을 잃어버린 거예요. 나만이 아니라 이곳의 여인들 전부가!"
 여인이 말소리가 격했는지 기름등의 불씨가 잦아들었다. 여인은 놀라 기름등을 내려놓고 다시 검은 천으로 얼굴을 가렸다.
 "당신의 그녀도 이제 우리와 같은 운명이 되겠지요."
 "……!"
 여인의 한마디가 모용천의 가슴을 찔렀다. 모용천은 급히 몸을 일으켰다. 여인은 침착하게 모용천의 손목을 잡았다.
 "지금 가도 소용없어요. 성급히 굴지 말아요."
 "성급히 굴지 말라고? 내가 얼마나 정신을 잃었는지도 모르는데, 어찌 성급히 굴지 말란 말이오?"
 "그녀를 구하고 싶다면 성급히 굴지 말라는 말이에요. 무슨 말인지 못 알아듣겠어요?"
 여인의 침착한 목소리가 모용천의 귓속으로 들어왔다. 모용천은 다시 자리에 앉았다.

"그녀는 아직 무사하단 말이오?"

"그래요. 당신이 말한 사술, 선녀가 여인의 젊음을 빼앗는 의식은 항상 만월(滿月)에 이루어져요. 음기(陰氣)가 가장 강한 때에라야 가능하다는 식이죠."

"만월이라면… 얼마 남지 않았군."

"예, 바로 내일 밤이죠. 당신은 그때까지 여기 숨어 있어야 해요. 반드시."

"왜 반드시라고 하지? 지금 가서 구하면 될 게 아니오!"

"이런 답답한 사람!"

여인은 제 가슴을 두드리며 말했다.

"현죽림에 여인들이 몇이나 있는지 알아요? 여든일곱 명이라고요, 여든일곱 명!"

"여든이든 백이든, 난 상관없소."

"훙, 그래, 고수라 이거죠? 그럼 우리는 몰라도 선녀는 어떻게 할 거죠?"

여인의 말이 모용천을 잠시 머뭇거리게 만들었다.

"그녀도 무공을 익혔소?"

"우리가 이 산속에 틀어박혀서 누구에게 무공을 배웠다고 생각하나요? 우리 무공은 전부 선녀가 전수해 준 거라고요. 여든일곱 명이 전부 달려들어도 선녀를 이길 수나 있을까?"

"……"

"당신이 아무리 강하다 해도 선녀를 이길 수는 없을 거예요. 게다가 선녀에게 반감을 품은 건 나밖에 없어요. 나머지는 뭐가 어떻게 돌아가는지, 자기가 왜 이렇게 늙었는지도 모르고 그저 선녀님, 선녀님 하며 추종하기에만 급급하지요."

"어찌 그럴 수가 있단 말이오, 제 젊음을 빼앗는 자에게!"

모용천이 이해할 수 없다는 듯 물었다. 여인이 대답했다.

"아까 말했죠? 절반이 십대 후반에서 이십대 초반이라고. 그럼 나머지 절반은 뭐겠어요?"

"나머지 절반……?"

"나머지 절반은 지금 백 세가 넘은 늙은이들이에요. 단, 그들의 복면 아래 얼굴은 선녀처럼 어린 소녀의 것이지요."

"그런……!"

"선녀는 어린 소녀들에게서 젊음을 빼앗아 제 배를 채우고, 남은 기운을 적당히 나눠 주고 있어요. 늙은이들은 선녀와 같이 영생불로(永生不老)한다는 생각에 젖어 완전히 그녀 편이에요. 당연한 것이, 이제 그들이 받는 건 젊음이 아니라 생명, 그 자체이니까… 사람의 수명을 생각하면 그들도 이미 죽었어야 하니까요."

"요망한 것!"

모용천은 자신도 모르게 주먹을 쥐었다. 여인의 입에서 나온 말이 다 사실이라면 이보다 무서운 일이 또 있을까 싶은 것이다.

"어쨌든 당신 홀로 나서봤자 여자를 구하기는 어려워요. 내 말을 들어요. 알았어요?"

여인의 말이 자신만만했다. 모용천은 입술을 깨물며 말했다.

"계획이 있소?"

여인은 고개를 끄덕였다. 복면 위의 두 눈이 빛나고 있었다.

"물론이죠."

오래전, 이름도 지워져 전해지지 않는 마인이 있었다.

소림의 열두 신승이 연수하고, 그중 절반이 목숨을 잃고서야 겨우 제압할 수 있었다는 그. 지나간 길에는 생명의 씨가 말라 풀 한 포기 나지 않는다는 그.

그러나 두려움은 시간에 섞여 희석된다. 지금 사람들에게 전대의 마인은 이야기 속의 인물이었다. 켜켜이 쌓인 세월이 과장과 수사를 덧칠했으리라 생각한 사람들에게 그의 존재가 어떠하였는지, 과거를 불러온 이가 있었다.

바로 마천상야공을 되살린 자.

마왕 황종류.

마왕지로(魔王之路) 혈루화하(血淚化河)!

당금 인구에 가장 많이 회자되는 말이 바로 저 여덟 글자였다. 마왕이 지나간 길은 곧 피와 눈물로 강을 이룬다는, 메마른 땅으로 만든다는 전대의 마인과 대구를 이루는 말이었다.

사람들은 이제야 비로소 과거 마인이 어떠한 자였는지 가늠할 수 있었다.

제갈세가 완패! 가주 제갈창운 사망!

제갈세가가 홀로 나선 것도 아니었다. 자운(紫雲), 원당(元堂), 가회(嘉灰) 등 호북성에서 이름난 방파 여섯 곳의 내로라하는 고수들이 합세하였다. 백 명의 일류고수가 마왕 한 사람을 잡자고 일어난 것이다.

그러나 결과는 앞서 말한 대로였다. 아니, 완패라는 말은 어울리지 않았다.

몰살(沒殺)!

말 그대로 제갈창운을 포함한 백 여섯 명의 고수가 모두 목숨을 잃은 것이다.

마왕 황종류, 단 한 사람에게 말이다.

"쯧쯧… 그래, 사람이 제 분수를 알아야지."

가시지 않은 피비린내 속에서 늙은 거지가 말했다. 눈이 보이지 않도록 내린 앞머리는 희었고, 주먹만 한 코는 벌겋게 달아올라 있었다.
 노개의 주변에는 온통 시체로 가득했다. 노개는 손때 묻은 죽장을 푹 찔러, 시체 더미를 뒤집었다. 아래쪽에 깔려 보이지 않던 시체들이 모습을 드러냈다.
 "쯧쯧……."
 드러난 시체들 중 한 중년 도사를 보고 노개가 혀를 찼다. 아는 얼굴인 걸까?
 휘이잉—
 마침 한줄기 바람이 불었다. 고개를 들어 바라보니 아까까지만 해도 자신과 시체 외에 아무도 없는 황량한 벌판에 바람을 타고 왔는지 한 노승(老僧)이 서 있는 게 아닌가?
 그러나 노개는 놀라거나 당황해하는 기색없이 천연덕스럽게 말을 걸었다.
 "다 끝난 마당에 뭐 먹을 게 있다고 왔나?"
 노승은 합장을 하며 말했다.
 "나무아미타불 관세음보살… 노납(老衲)이 한발 늦었구려."
 "빨리 와봤자 별 볼일 없어. 너 땡중도 이 틈에 끼어 있었겠지. 이거 보라고, 이거. 진허(眞虛) 놈 아니냐, 이거."
 노개는 죽장으로 드러난 중년 도사의 시체를 가리켰다. 노승은 다가와 그를 보고 슬픈 눈으로 합장했다.

"나무아미타불 관세음보살……."

"무당의 제일진이 이 꼴이 났으니, 쯧쯧! 이진, 삼진은 어떻게 될지 안 봐도 뻔하다, 뻔해!"

진허 진인.

무당파 현 장문인 진화진인(眞化眞人)의 사제이며 강호에서는 무량검(無量劍)이라는 별호로 알려진 절정고수.

노개의 말 그대로였다. 주변에 널브러진 시체들은 모두 무당파의 고수들이었다. 무량검 진허 진인이 이끌고 나선 자들은 모두 무당파 내에서도 손꼽히는 고수라 하여 사람들의 기대가 이만저만이 아니었다.

"나무아미타불… 곡 선배의 말씀이 옳소. 무당은 이 수모를 갚지 않고 못 배길 것이니, 이를 어찌하면 좋겠소?"

노승은 염주를 만지며 탄식했다.

사실 그의 말만 듣고서는 누구를 안타까워하는지 모를 지경이었다. 천하의 무당파를 모욕한 자가 있다면 당연히 그를 동정해야 할 터인데, 노승의 말은 그 반대였으니 말이다.

하지만 그자가 마왕 황종류라면 과연 누구를 동정해야 옳단 말인가. 노승의 탄식은 무당을 향해 있었다.

"정혜(貞慧), 네놈이야말로 이러고 있을 테냐?"

노개가 말했다.

"소림은 왜 가만히 있는 거냐? 저 빌어먹을 놈이 아주 제집 드나들 듯 뻔뻔한 낯짝을 들고 다니는데, 너희 땡중들은 무섭다고 대문만 걸어 잠그면 다냐?"

"곡 선배야말로 이렇게 유람이나 하고 다니시니, 참 편하시겠소. 나무아미타불……."

정혜!

소림 방장 정원(貞源) 대사와 같은 항렬로, 소림사가 자랑하는 고수 중의 고수가 바로 이 노승이었다. 일견 평범해 보이는 외모지만 극상에 이른 혼원일기공을 감추고 있어 사람들은 그를 두고 신은(神隱) 선사라고 부를 정도였다.

"오랜만에 만나서 한다는 소리하고는… 쯧쯧!"

그 정혜에게서 선배라고 불린 노개는 누구인가?

손때 묻은 죽장은 바로 개방 방주의 신물, 타구봉이다. 개방 거지라면 누구나 가지고 있는 물건이지만 방주의 것을 신물이라고 부르는 것은, 그 강도가 보통의 죽장을 뛰어넘기 때문이다. 무엇으로 만들었는지, 어떻게 다듬었는지 몇 대를 거치며 이야기는 사라졌지만 위력만이 남아 지금에 이른 바. 쇠로 만든 병장기와 부딪쳐도 홈 하나 남지 않는 것이 바로 방주의 타구봉이다.

전설 같지 않은 전설, 방주의 타구봉을 가진 노개.

당연히 개방의 방주다. 곡진충(谷震充), 일명 항와개(恒臥

뜨)가 바로 그다.

거지라면 당연히 그렇겠으나, 일하기를 싫어하고 오로지 누워 망중한 즐기기만 탐한다 하여 붙은 이름이 항와개다. 딱히 좋은 뜻에서 붙은 이름이 아닌데도 본인은 좋다고 쓰고 있으니 더 웃긴 일이지만.

어쨌든 그러려면 방주를 하지 말았어야지 하는 사람들도 많다. 그러나 어쩌겠는가, 방주에 걸맞은 능력을 갖춘 이가 그밖에 없었으니. 곡진충은 방주 자리를 물려받은 후 본성을 잠시 접어두고 직책에 충실하기 시작했다. 하지만 그러면서도 제자 양성을 소홀히 하지 않았는데, 결국 이소라는 걸출한 제자가 나오자 전권을 위임하고 은거를 택한 것이다.

신은이나 항와개나 모두 강호에서 쉬이 볼 수 없는 면면이다. 신은은 절 내의 직분에 충실하였고 항와개는 귀찮은 일에 휘말리기를 피하였으니 이들이 강호에 모습을 드러낸 것은 가히 십 년 만의 일이었다.

신은 선사가 대답했다.

"시비는 먼저 걸어놓고… 요즘도 귀찮은 일은 다 제자한테 떠넘기고 팔자 좋다고 들었소."

"크크큭! 하긴 내 요즘 잘 지내고 있지. 너 땡중은 살이 쪽 빠졌구먼."

"나무아미타불… 노납이야 매일매일이 고행의 연속이지요."
신은은 합장하며 말하고 다시 고개를 들었다.
십 년 만의 재회, 반가운 마음도 여기까지다.
"마왕을 보았소?"
"봤지. 간이 떨려서 원, 저 절벽 위에서 숨어 봤지."
항와개는 손가락으로 뒤편 절벽을 가리켰다. 신은은 눈살을 찌푸리며 말했다.
"간이 떨리셨다고?"
"마왕이 괜히 마왕이겠냐? 격이 다른 놈이더구먼. 너랑 내가 한꺼번에 덤벼도 상대가 안 되겠더라고."
항와개가 말은 이래도 속은 보통 신중한 사람이 아니다. 그런 항와개의 입에서 싸워보기도 전에 패배를 인정한다는 말이 나왔으니, 그렇다면 그런 줄 알아야 한다.
"그 정도란 말이오……."
신은이 말꼬리를 흐렸다. 그러자 항와개가 못마땅한 얼굴로 말했다.
"설마 그걸 몰라서 온 건 아닐 테지? 홍, 몰랐다면 무림의 태산북두께서 마왕이 제 앞마당을 지나가는데 가만히 놔둘 리 없지. 안 그래?"
신은은 무겁게 고개를 끄덕였다. 실제 마왕의 무위가 어느 정도인지 가늠은 하였고, 소림은 그를 내버려 두기로 결정했다. 황종류가 호북에 이르러서야 막아서는 자들과 마주쳤던 까닭이다.

"곡 선배의 말이 맞소. 노납은 다른 분들도 소림처럼 행동을 자중하도록 설득하고자 나온 것이오."

"말을 들을 놈이 얼마나 된다고?"

"없어도 해야지요. 그것이 소승의 임무이니까······."

"그럼 이러고 있을 틈이 있나? 피해가 커지면 커질수록 더 큰 피해를 감수하면서까지 나서는 게 우리네 정파인들 아닌가. 무당이 일진의 피해를 좌시하리라 믿는 건 아니겠지?"

"나무아미타불 관세음보살··· 물론 아니지요."

항와개는 고개를 끄덕였다.

"놈은 뛰거나 경공을 쓰지 않아. 자신이 말한 그대로, 슬슬 걷더군. 자신을 노리는 자들이 쉽게 찾아서 덤벼들도록 말이야. 빌어먹을 놈!"

황종류는 마왕이라는 악명과 어울리지 않게 관도 등 알려진 길을 골라 다니며 각 도시의 번화가를 찾아다니기도 하였다. 그러면서도 식대나 숙박비에 정당한 대가를 다 치르고 일반 백성들에게 손을 대지 않으니, 그 모습이 오히려 신선하게 비추어져 지금 강호는 온통 마왕에 대한 이야기뿐이었다. 이렇게 자신을 드러내어 다니니 마왕을 찾고자 하는 자는 누구나 쉽게 찾을 수 있었다.

"나무아미타불 관세음보살……. 어쨌든 지금부터라도 피해를 최소화해야 할 거요. 곡 선배, 길을 가르쳐 주시오. 그는 어디로 향했소?"

"그렇잖아도 막 가려던 참이었다. 알아서 따라와."

항와개는 퉁명스레 한마디 툭, 던지고 경공을 구사했다. 신은도 그 뒤를 따르니, 노개와 노승은 길 저편 검은 점이 되어 사라졌다.

* * *

만월의 밤.

한 달에 한 번, 고요한 현죽림이 들썩거리는 날이 바로 오늘이다. 높이 솟은 검은 대나무 끝에 걸린 듯 둥근 달이 환하게 어둠을 비추고 있었다.

달뜬 공기, 사람들의 흥분이 솜털 하나하나로 전해진다. 수십 명의 사람이 한자리에 모여 한 가지 생각을 하는 것만으로도 이런 광기가 연출될 수 있음을, 모용천은 새삼 깨달았다.

현죽림 안 유일한 공터에 여인들이 둥글게 서 있었다. 여인들은 고대의 제례를 구현하려는지 가운데 커다란 불길을 피워놓고 춤을 추며 한 방향으로 돌고 있었다.

"아다부라쿠루라치아!"

"운다라만드고리아라!"

여인들은 춤을 추며 저마다 특이한 말을 중얼거리고 있었다. 무슨 주문이라도 되는 걸까? 의미를 알 수 없는, 그러나 어감과 독특한 음조가 섞여 분위기를 고조시키고 있었다. 스스로를 무아지경에 빠뜨리려는 듯 여인들은 열성적으로 춤을 추며 주문을 외우고 있었다.

"한눈팔지 말아요."

열기와 광기가 한데 섞여온다. 멀찍이 서서 그 광경을 바라보는 모용천의 귓가에 한 여인이 속삭였다.

"잊지 말아요. 당신은 지금 이지를 잃고, 오로지 내 말에 의해서만 움직일 수 있어요. 그렇지 않을 때에는 멍하니 입을 벌리고 서 있어요. 침이 흘러도 닦지 말아야 해요."

당연히 모용천을 구한 여인이었다.

"알……."

"대답하지도 말고요. 듣기만 해요. 당신이 제정신인 건 알고 있으니까."

"……."

"들키면 다 끝이에요. 나도, 당신의 여자도."

여인의 계획은 어이없을 정도로 간단했다.
그녀가 이끄는 대로 걷다 보면 현죽선녀의 앞에 설 것이다.

그때 일격을 먹이면 된다는 것이다.

"굳이 계획이 필요없는 계획이군."

모용천의 촌평에 여인이 웃으며 대꾸했다.

"혼자 걸어가면 선녀의 발끝이라도 잡을 수 있을 것 같아요?"

"당신과 함께 가면 아무런 제재도 받지 않을 거란 말이오?"

여인은 고개를 끄덕였다.

"내가 말했었죠. 선녀는 모든 남자와 성인 여자를 죽이고 어린 여자아이들만 남겨놓았다고. 그들이 내 어머니의 어머니이고, 또 그 어머니들이라고 말이에요."

"기억하고 있소."

"그렇다면 내 아버지는 누구일까요? 내 어머니의 아버지는요?"

"……!"

"매달 만월의 밤은 선녀가 젊음을 흡수하고 또 나눠 주는 날이기도 하지만, 달리 교접의 날이기도 해요. 산 아래 내려가 젊은 사내를 납치해 오는 거죠. 그리고 매달 만월의 밤, 선녀가 지목하는 여인이 그 남자를 품어 아이를 생산하는 거예요. 낳은 아이가 남아면 죽이고, 여아면 키워서 다시금 선녀에게 젊음을 바치는 거죠. 여기 있는 모든 여인들은 모두 그런 식으로 태어나 그런 식으로 사는 자들이지요."

"지독하군……."

모용천이 중얼거렸다. 상상할 수도 없는 일이 이 깊은 산속에서 벌어지고 있었던 것이다. 그것도 백 년 넘게 이어져서.

"그때 필요한 남자들은… 그래요, 당신이 사술이라고 부르는 수법으로 이지를 빼앗아 백치로 만들어요. 그 수법은 오로지 선녀만 할 수 있었는데, 선녀 외에 유일하게 할 수 있는 사람이 저예요."

"당신이 할 수 있다고?"

"유례가 없는 일이었죠. 선녀는 무공 외에 우리에게 가르쳐 주는 것이 없었으니까요. 그저 바깥에 나가면 살아남지 못한다, 자신과 함께 영생을 누리자는 말뿐이었어요."

"당신은 어떻게 배웠소?"

"뭐, 그건 중요한 게 아니죠. 어쨌든 그걸 내가 하지 않았다면 당신은 이미 이지를 잃고 선녀의 인형이 되었을 거예요. 당신같은 인형이 있다면 나도 좋겠지만… 그보다는 자유의 몸이 되는 게 급하니까요."

"이해할 수가 없군. 사람을 인형으로 만드는 수법을 배울 정도로 신임받는 자가 어째서 이런 짓을 꾸미는 거지? 때가 되면 영생의 수법도 배울 수 있을지 모르는데?"

모용천이 물었다. 이야기를 들어보면 여인이 현죽림 안에서도 꽤나 높은 지위에 있음을 알 수 있었다. 처음 모용천에게 잡혔던 여인, 그녀도 이 여인의 한마디에 꼬리를 내리지 않았던가?

모용천의 질문에 여인은 한 치도 망설이지 않고 대답했다.

"영생이니 젊음이니 그런 것보다 자유가 필요하니까요. 자유롭고 싶으니까 하는 거예요. 내가 이 일, 남자의 이지를 빼앗아 진상하는 일을 맡게 된 이후로 쭉 기다렸어요. 언젠가 당신 같은 사람이 나타나기를 말이에요."

이제 여인은 얼굴을 드러내어 모용천을 대하는 것이 자연스러웠다. 자유를 말할 때 빛나는 눈과 주름진 얼굴 위로 떠오른 소녀 같은 표정이 모용천의 마음을 움직였다.

자유.

모용천 역시 세가에 틀어박혀 무공을 연마하며, 항상 꿈꾸고 또 그리지 않았던가? 담벼락 밖이 어떤 세상인지, 어떤 것들이 나를 기다리고 있는지 뛰는 가슴으로 상상하던 때가 있었다.

문득 자유를 말하는 여인의 얼굴이 자신과 겹쳐 보였다.
"알았소."

둥! 둥! 둥! 둥!

일정한 박자로 울리는 북소리가 가슴을 뛰게 한다. 이 또한 광기를 부추기는 역할을 하리라. 모용천은 최대한 마음을 가라앉히며 초점없는 눈으로 걸어갔다.

여인을 따라 원 안으로 들어가자 춤을 추던 여인들이 일제히 소리쳤다.

"남자다! 남자다!"

"누구냐! 오늘은! 누구냐!"

"남자다! 남자다!"

열띤 목소리, 소름 끼치는 광기가 그대로 전달된다. 모용천은 애써 무시하고 느릿느릿, 여인을 따라 걸었다.

거대한 불길 앞에 대나무를 엮어 만든 단이 있었다. 직사각형으로 높이 올린 단 위에 한 여인이 죽은 듯 누워 있었다. 고개를 돌릴 수는 없지만 모용천은 누워 있는 여인이 누구인지 대번에 알 수 있었다. 동시에 가슴도 뛰기 시작했다.

남궁미인이다.

지금 모용천과 단 사이의 거리는 어림잡아 다섯 장. 단의 높이는 대략 한 장 반. 몇 번의 도약으로 저 위에 오를 수 있을까? 조금 더 다가가면 두 번으로 가능할지 모른다.

한 번 길게 뛰고, 다시 뛰어 단 위에 오른다. 그리고 남궁미인을 구해 현죽림을 나가는 일이 어렵지만은 않을 것이다.

하지만 이 여인.

자유를 말하는 여인과 제 의지를 가질 기회도 박탈당한 여인들. 그리고 이들을 먹이 삼아 앞으로도 영생을 추구할 현죽선녀를 어찌 놔둘 수 있을까?

"누구냐! 누구냐! 남자는! 누구냐!"

"아라고부나미다네라!"

"오늘은! 누구냐! 누구냐!"

"나타레라바루라카다!"

주문과 환호가 섞이고, 또 나누어지기를 반복한다.

광기에 전염되지 않도록, 그러면서도 눈에 현기가 서리지 않도록. 모용천은 최대한 마음을 다스리며 여인이 걷기를 기다렸다.

그러나 여인은 단에서 약 다섯 장 떨어진 지점에 서서 움직이지 않고 있었다.

둥!

한 번, 커다란 북소리를 신호로 여인들이 춤추기를 멈췄다. 연호와 환호도 멈추고, 아까까지의 광기는 거짓말처럼 사라진 것이다.

타닥타닥.

불길 타오르는 소리만이 높이 솟았을 때, 하늘에서 한 여인이 내려왔다.

휘리릭—

현죽선녀였다.

일반적인 경공이 아니다. 마치 깃털이 떨어지듯, 옷의 무게만 있는 듯 너풀거리며 하늘에서 내려온 것이다. 놀라운 수법이었다.

'이 선배도 저렇게는 못할 것이다. 정말 놀랍구나!'

모용천이 속으로 감탄하는데 그를 둘러싼 여인들이 일제히 무릎을 꿇는 것이다. 물론 그를 데려온 여인도 무릎을 꿇었다. 황제를 대하여도 이렇게 깍듯하지는 않을 것이다.

사라락—

현죽선녀가 팔을 뻗었다. 팔끝, 가느다란 손가락이 모용천을 가리켰다. 무릎을 꿇은 여인이 고개를 돌려 모용천에게 말했다.

"가라."

현죽선녀에게서 돌린 눈, 모용천만이 볼 수 있는 여인의 눈이 간절한 바람을 담고 있었다. 모용천은 입을 다문 채 걸어갔다.

높이 솟은 단 위, 만월에 겹친 현죽선녀가 모용천을 내려다보고 있었다.

"올라오라."

현죽선녀의 목소리가 밤공기를 타고 내려왔다. 단으로 이어지는 엉성한 계단. 모용천은 계단을 올라 현죽선녀의 앞에 섰다. 현죽선녀는 모용천의 가슴을 만지며 여인들에게 말했다.

"오늘은 아주 뜻 깊은 날이다. 무공이 뛰어난 남자는 보통 사내보다 건강한 아이를 낳을 수 있으니, 이는 우리의 영생이 더욱 큰 힘을 얻었음이니라."

오오오오―

이미 말소리라고 할 수 없는, 거대한 목소리가 현죽림을 뒤흔들었다. 현죽선녀는 손을 들어 여인들을 진정시키고 말했다.

"또한, 외부에서 새로운 처녀가 왔으니 오늘의 의식은 이것으로 대신하겠노라."

오오오오―

다시 한 번 환호인지 열광인지, 아니면 발악인지 모를 목소리가 울려 퍼졌다. 모용천은 여인의 말을 떠올렸다.

'당신의 여자가 대신 젊음을 빼앗기니, 그를 기뻐하는 자들도 있어요. 자신의 차례가 미루어졌다는 거죠.'

남궁미인이 저들처럼 젊음을 빼앗겨 주름진 얼굴이 된다? 생각하기도 싫은 일이다.

복잡한 심경의 모용천을 옆에 두고 현죽선녀는 손가락을 높이 들었다.

"저 달과!"

다른 손은 어느새 아래쪽에 있는 대나무를 가리키고 있었다.

"검은 대나무!"

무릎 꿇은 여인들이 일제히 고개를 수그렸다. 현죽선녀가 목소리를 높였다.

"두 신물이 우리에게 영생을 안겨줄 것이니! 이로써 바깥 세상의 더러움도, 남자들의 어리석음도 우리와는 무관한 일이 될 것이다. 믿을 수 있느냐?"

"믿습니다!"

"믿습니다… 믿습니다……."

선녀의 말이 끝나자 모두 하나같이 믿습니다를 말하는데, 누구는 소리치고 누구는 울면서 반복하는 등 모양이 천차만별이었다. 열기와 광기가 하나되어 모두를 미치게 하는 곳. 지금 이 단 아래가 딱 그 모양이었다.

현죽선녀는 흡족하게 그 모습을 내려다보고 있었다.

모용천은 바로 곁에 서서 여인이 신호를 내리기만 기다리고 있었다. 여인의 신호가 내리면 모용천은 현죽선녀에게 일격을 날리고, 여인은 그녀를 추종하는 몇몇 사람들과 함께 불을 피워 소란을 가중시킨다. 그 틈에 모용천은 남궁미인을 구출하고 여인은 현죽선녀를 죽이는 것이 계획의 전부였다.

'하지만……!'

허술하기 짝이 없는 계획이지만 지금까지는 맞아떨어지고 있었다. 현죽선녀는 자신을 추종하는 자들을 내려다볼 뿐, 모용천의 상태는 전혀 살피고 있지 않았다.

 모용천은 찬찬히 현죽선녀를 살펴보았지만, 그녀의 어디에서도 고수의 풍모가 느껴지지 않는 것이었다. 물론 경공을 포함해 어느 정도 무공을 지니고 있기는 할 것이다. 하지만 모용천을 잡으려 들었던 여인들보다도 못하다는 생각이 들 정도였다.

 손대면 부러질 듯 가느다란 목이 모용천의 눈에 들어왔다.

 그때,

 "꺄악!"

 믿습니다를 연호하는 가운데 비명 소리가 높이 솟았다. 한 여인이 불타고 있었다.

 "…무슨 일이냐!"

 당황하는 현죽선녀.

 그것이 신호였다.

 콰앙!

 모용천의 일장이 현죽선녀에게 꽂혔다.

 "……!"

 비명도 지르지 못하고 현죽선녀의 몸이 하늘 높이 날았다.

"이건……?"

놀란 것은 모용천이었다. 현죽선녀는 아무 대응도 하지 못하고 자신의 일장을 고스란히 맞은 것이다!

차라라락!

어디선가 날아온 채찍이 떨어지는 현죽선녀를 잡아챘다. 모용천과 공모한 여인이었다.

"커헉!"

그제야 충격을 느꼈는지 현죽선녀는 한 움큼 피를 토했다. 채찍으로 둘둘 말린 현죽선녀를 발아래 놓고 여인이 소리 높여 웃었다.

"오호호호호호홋! 오호호호호! 이런 날이 오리라고는 꿈에도 생각 못했겠지? 오호호호호호홋!"

"정… 정문(庭雯)… 네년이… 으헉!"

여인의 이름인지, 정문을 부르던 현죽선녀는 다시금 피를 토했다. 정문이라 불린 여인은 제 손으로 검은 천을 뜯어내고, 환희에 찬 얼굴로 말했다.

"나도 언제까지 네년 밑에 있을 수는 없지 않아? 선녀님, 선녀님 불러주니까 왜, 나까지 다른 년들처럼 너를 받들게 된 줄 알았니?"

"커… 커헉!"

모용천의 일장에 맞은 탓인지, 분노한 탓인지 현죽선녀는 연신 피를 토했다. 정문이라 불린 여인은 현죽선녀의 붉게 물든 앞섶을 헤치고 책 한 권을 꺼냈다.

"흐응……"

현죽선녀가 땅에 떨어지고 채찍에 휘감겨 발밑에 구르는 모습은 여인들에게 커다란 충격을 불러일으켰다. 그러나 이 사태에 누구도 움직일 생각을 못하고 있었다. 정문의 수하인 듯, 십여 명이 채찍을 휘두르며 여인들을 위협하고 있었다.

한 장, 한 장… 책장을 넘기던 정문의 손이 어디선가 멈춰 섰다. 그 모습을 본 현죽선녀는 하얗게 질린 얼굴로 소리쳤다.

"아, 안 돼! 정문… 허튼 생각 하지 마! 그건 나만이 할 수 있는 거야! 너는 손대서는 안 될 수법이야! 잘못하다간 죽을 수도 있어!"

"시끄럽기는."

"꺄악!"

정문은 발로 현죽선녀의 입을 짓이겼다. 그 광경을 본 여인들 중 하나가 비명을 지르며 그 자리에서 실신했다.

"흥!"

실신한 여인을 보며 콧방귀를 뀌고는, 정문은 책으로 눈을 돌렸다.

"흐음… 생각보다 간단해 보이네?"

정문은 그렇게 말하고 허리를 숙였다.

"그, 그어지 마… 제발… 정문! 정문!"

현죽선녀의 눈에 눈물이 흐르고, 아름다운 얼굴이 일그러졌다. 발꿈치에 짓이겨져 새는 발음이 필사적이었다.

정문은 웃으며 상냥하게 흐트러진 현죽선녀의 머리칼을 정리했다. 한 올, 한 올 머리카락을 넘기니 현죽선녀의 이마가 환히 드러났다.

정문은 현죽선녀의 이마 위에 손가락을 얹었다.

"안 돼! 안 돼! 하지 마!"

현죽선녀는 필사적으로 몸을 흔들었다. 정문은 얼굴을 찌푸리며 주먹으로 현죽선녀를 내려쳤다.

"끄, 끄으……."

가벼워 보였지만 현죽선녀에게는 치명적인 일격이었다. 대번에 움직임이 멈춘 현죽선녀의 이마에 정문은 손가락을 곱게 얹었다.

우우우우웅—

푸른빛이 현죽선녀의 몸에서 흘러 정문의 손가락으로 모이더니 다시 정문의 몸으로 흘러들어 갔다.

"꺼억, 꺼억! 꺼어어어어……."

혼절했다가 다시 깨어난 현죽선녀가 신음하며 몸부림쳤

다. 그러나 한 번 흘러들어 가기 시작한 빛은 멈추지 않았다.
"아아!"
깨어나 모용천의 옆에 선 남궁미인이 소리쳤다. 물 먹은 빨랫감을 짜듯 현죽선녀의 몸이 오그라들고 있었다. 소녀 같던 피부는 탄력을 잃었고, 마른땅 갈라지듯 하나둘 생겨나던 잔주름이 갈수록 깊이 파였다.

동시에 빛을 빨아들이는 정문의 얼굴에는 정반대의 일이 벌어지고 있었다. 시간을 거꾸로 돌리는 듯, 주름진 얼굴이 팽팽히 당겨지고 혈색이 돌아오는 것이었다.
"꺼어……."
속삭이는 단말마.
말라비틀어진 현죽선녀가 고개를 떨어뜨렸다.
"호호, 호호호호호!"
허리를 펴고 일어나 웃는 정문의 얼굴이 놀라웠다. 주름진 노파의 얼굴은 간데없고, 이십대 초반 아름다운 여인의 얼굴이 불길을 받으며 웃고 있었다.
"오호호호호호홋!"
정문의 웃음소리에 실린 광기가 밤공기를 더욱 차갑게 했다. 거세게 타오르는 불길을 무시하듯 모용천과 남궁미인의 전신에 소름이 돋았다. 정문 한 사람의 광기가 방금 전 모든 여인들의 광기를 압도할 정도였다.

"병신 같은 년!"

웃음을 뚝 그친 정문이 차갑게 내뱉으며 현죽선녀의 시체를 걷어찼다. 현죽선녀의 시체는 가볍게 날아 타는 불속으로 사라졌다.

눈앞에서 현죽선녀가 죽어 사라지자 여인들은 넋을 잃은 것 같았다. 자신들을 지배하던 존재가 순식간에 사라졌으니 당연하다고 해야 할까?

정문은 주변을 둘러보고 제 수하들에게 여인들을 잘 간수하라 명한 뒤 고개를 돌렸다. 정문의 시선이 향한 곳은 단 위였는데, 모용천과 남궁미인의 모습은 이미 보이지 않았다.

"흐응……!"

잠시 생각에 잠겼던 정문은 결심을 굳힌 듯 몸을 날렸다.

"대체 어떻게 된 거죠? 아까 그 광경은 또 뭐죠? 내가 꿈이라도 꾸고 있는 건가요?"

모용천의 품에 안겨 남궁미인이 물었다.

타닥! 타닥!

나뭇잎과 가지들이 스치고 부러지며 내는 소리가 귓가를 간질인다. 모용천은 그저 앞을 바라보며 말했다.

"나도 잘 모르겠소. 일단 내려갑시다."

"……."

남궁미인도 모용천과 마찬가지로 연회 때 정신을 잃었다고 했다. 다른 점이 있다면 방금 전에야 깨어났다고 하니 자연 중간에 무슨 일이 있었는지 알 길이 없었다.

차라락!

정신없이 달리는 모용천의 귓가에 공기를 찢는 소리가 들려왔다. 발끝으로 바닥을 찍고 뛰어오른 모용천의 밑으로 기다란 잔상이 지나갔다.

후두두둑!

잔가지며, 나무며, 잔상의 궤도에 존재한 모든 것들이 꺾여 나갔다.

"……."

모용천과 남궁미인이 바닥에 내려서자 수풀을 헤치고 정문이 모습을 드러냈다. 꿈이 아니었는지 아까 본 젊은 여인의 얼굴 그대로였다.

"발이 빠르군요?"

정문은 채찍을 회수해 둥글게 말며 나타났다. 전에 보지 못한 여유가 전신에 넘쳐흐르고 있었다. 그녀야말로 놀라운 고수였다.

"집주인보다야 빠르겠소?"

모용천은 남궁미인을 내려 뒤로 물리고 대답했다. 현죽림이 아니었다면 정문에게 잡히지 않았을 거라는 뜻이었다. 정문은 피식 웃으며 말했다.

"푸훗! 뭐, 어쨌든 본녀를 위해 큰일을 했으니 상을 주려 했는데 이렇게 가버리는 게 어디 있죠? 참 서운하네요."

"서운하면 서운한 대로 묻어두시오. 상은 다른 수하들에게나 나누어 주든가."

"그럴 수야 없죠."

웃으며 한 팔을 뻗는 정문.

쉬익!

채찍이 뱀의 머리처럼 튀어나갔다. 그 끝에 있는 것은 모용천이 아니라 남궁미인이었다.

차라락!

매섭게 남궁미인을 노리며 날아간 채찍은 도중에 내민 모용천의 팔에 휘감겼다. 채찍의 반대편 끝에서 정문이 웃고 있었다.

"팔을 내어줄 만큼 그 여자가 소중한가요?"

정문이 실실 웃으며 물었다.

남궁미인의 시선일까, 뒤통수가 따가웠다.

모용천은 다른 이야기를 했다.

"무공을 가르친 것은 현죽선녀가 아니라 당신이었군."

"어머, 그건 또 어떻게 아셨어요?"

배시시 웃는 정문의 얼굴이 얄밉기 그지없었다.

"현죽선녀는 아예 무공을 할 줄 모르더군. 경공은 놀라웠지만… 그렇다면 당신은 대체 누구지? 누구인데 나를 사주해 이런 짓을 한 거지?"

"푸훗! 나는 그렇게 대단한 사람이 아니에요. 내 말이 모두 진실은 아니지만, 그렇다고 모두 거짓도 아니지요. 참과 거짓은 항상 함께 있질 않던가요?"

"말장난은 그만두시오!"

"말장난이라니요? 잘 들으세요. 현죽선녀가 제 욕심을 부려 저들을 사육한 건 진실이에요. 나 또한 그녀에게 젊음을 빼앗기고 손발이 되어 움직인 것도 사실이고요."

"당신은 마을 사람이 아니었군."

"뭐, 선녀와 같이 마을을 일군 정도로 해두지요. 어쨌든!"

촤라라라락!

모용천의 팔에 감겼던 채찍이 풀려 정문에게 돌아갔다. 소매는 찢어지고 드러난 살갗은 퉁퉁 부어 있었다.

"그대의 공을 감안해 본녀가 손속에 사정을 두었어요. 더 험한 꼴 당하기 전에 어서 투항하시죠."

"나를 왜 쫓아온 것이오?"

모용천은 반문하며 정문의 안색을 살폈다. 태연을 가장하고 있으나 미세하게 거친 호흡이 느껴졌다.

"글쎄요… 몇 가지 이유가 있어요."

모용천은 정문에게서 눈을 떼지 않으며 감각을 돋웠다. 정문이 아무리 지형에 환하다지만 필사적으로 달려온 모용천을 따라잡기란 쉬운 일이 아니었을 것이다. 자연히 그보다 무공이 떨어지는 수하들을 데리고 올 수는 없었을 것이다.

모용천의 예상대로 정문 외에 인기척은 느껴지지 않았다.

"하나는 당신의 입을 막기 위해서예요. 이 일이 밖으로 새어나가 좋을 게 없잖아요? 나와… 이젠 이름도 기억나지 않는군요. 얼마나 오랜 세월을 현죽선녀라고 불렀던가?"

정문은 그렇게 말하고 감회에 젖은 눈으로 탄식했다.

"어쨌든 우리는 한 사부를 모셨는데 나는 무공을, 현죽선녀는 사람을 조종하는 섭혼술(涉魂術)을 배웠죠. 그리고 사부의 비급을 훔쳐 달아난 때가… 대체 언제인지 이제 기억도 나질 않는군요. 현죽림의 아이들 중 가장 오래 산 아이가 백 살은 넘었을 텐데……."

"그렇다면 당신도 최소 백 살을 넘겼다는 얘기군."

"여인의 나이는 묻는 게 아니에요."

빙긋 웃으며 타이르는 정문의 모습이 얼핏 아름다워 보였다. 그러나 그것은 거짓이요, 섭리를 거스르는 아름다움이다.

시간을 넘어 살아온, 이제는 홀로 아름다워진 정문은 그녀 자체로 소름 끼치는 존재였다.

"어쨌든."

정문은 미소를 거두고 말했다.

"사부는 영생의 비술을 익히지도, 사용하지도 않았을 테지만 조심해서 해가 될 건 없잖아요? 내가 이렇게 살아 있는데 사부라고 꼭 죽었으리란 법은 없으니까. 그의 귀에 들어가는 건 원하지 않아요."

정문의 사부라면 지금 백오십, 이백 살도 더 먹었을 것이다. 어디까지나 살아 있다면 말이지만. 쓸데없는 걱정이다 싶으면서도 모용천은 정문의 마음을 이해할 수 있을 것 같았다. 한 번 속박된 마음은 쉬이 자유로워지지 않는 법이다.

"걱정할 필요는 없소. 우리는 당신에 대해 한마디도 하지 않을 거요. 맹세하겠소."

모용천은 두 손바닥을 펴고 내밀었다. 정문을 안심시키려는 말이었지만, 그녀는 고개를 저었다.

"본녀가 말했을 텐데요? 이유는 다른 것도 많아요. 꼭 오래전에 죽었을 사부를 염려해서만이 아니에요. 내 존재가 이대로 무림에 알려지는 것, 정말 싫거든요?"

그러면서 정문은 손가락 두 개를 폈다.

"또 하나. 당신도 보았겠지만, 나는 이미 영생의 비법을 손에 넣었어요. 내가 이렇게 젊어진 게 신기하죠? 하지만 이는 잠시예요. 워낙 오랫동안 현죽선녀, 그년에게 의존해 늙은이로 살아왔으니 말 다 했죠."

"무슨 소릴 하려는 거요?"

싸늘한 목소리에 짐짓 무서운 표정을 지으며 정문은 손가락을 하나로 접어 남궁미인을 가리켰다.

"거기 아가씨가 필요해요. 어서, 지금 당장."

"헛소리!"

모용천은 반사적으로 남궁미인을 가리고 섰다. 정문은 날카로운 눈으로 모용천을 바라보며 말했다.

"어서 내놓으시지요."

휘리릭!

말이 끝나기 무섭게 채찍이 쏘아졌다. 채찍은 하늘 높이 솟아 모용천의 머리를 넘고, 직각으로 꺾여 남궁미인을 향했다.

차라라락!

다급한 김에 모용천은 성한 팔을 내밀었다. 채찍은 모용천의 팔을 휘감았다.

"크윽!"

살을 찢는 고통이 머릿속을 찌른다. 모용천은 이를 악물고 진기를 끌어올렸다. 다급히 일어난 내력이 채찍에 휘감긴 팔을 감싼다.

"하압!"

모용천은 기합 소리와 함께 팔을 휘둘렀다.

부웅— 모용천의 팔에 이끌려 정문이 하늘을 날았다. 만월을 가르며 나는 정문의 얼굴에 낭패가 서렸다.

 정문이 사사한 무공은 분명 정종의 것이 아니었다. 하지만 사마외도라 하여도 엄연히 고하가 나누어지니, 정문의 무공은 그중에서도 나름 상위에 속하는 편이었다. 게다가 그녀의 내공은 백 년을 쌓은지라, 순수하게 내공을 쌓은 기간만 따지면 당금 천하에 따를 자가 없었다.

 하나 긴 시간을 두고 쌓은 내공이 반드시 깊고 정순하라는 법은 없었다. 더구나 모용천은 웬만한 장년 고수의 내공을 뛰어넘은 지 오래였다.

 내력을 겨룰 틈도 없이, 정문의 신형이 모용천에게 날아들었다. 모용천의 우장이 정문을 기다리고 있었다. 어스름히 푸른 기운이 손바닥에 감돌고 있었다.

 "……!"

 오래 살아 터득한 것이 있다면 위험을 감지하는 능력일 것이다. 정문은 직감적으로 채찍에 한 번 휘감겨 통통 부은 팔로 시전하는 모용천의 우장이 몹시 위험하다는 걸 깨달았다. 이 핏덩어리와 내공을 겨루어 질 거란 생각은 하지 못했으나, 끌려들어 가는 상황에서 굳이 위험을 감수할 필요는 없었다.

 휘익!

 마지막 순간에 정문은 채찍을 놓고 몸을 돌렸다.

 휘리릭―

모용천은 담담히 채찍을 풀어 손에 들었다. 채찍을 써본 적은 없지만 그런 건 아무래도 좋았다. 검이든 채찍이든, 손을 대신한다는 점에서는 마찬가지라는 믿음이 있었다.

"당신… 대체……?"

한편, 정문은 새파랗게 질린 얼굴로 말을 잇지 못하고 있었다. 당연히 제압하리라 믿어 의심치 않았건만, 모용천의 무위는 그녀의 예상을 훌쩍 뛰어넘었던 것이다.

모용천이 처음 강호에 모습을 드러내었을 때 모든 이들이 느꼈던 감정, 이해할 수 없는 존재에 대한 두려움을 정문도 똑같이 느끼고 있었다.

차라라락! 파파팍!

말을 잇지 못하는 정문의 양옆으로 파공음이 지나갔다. 흙 깊이 파인 흔적 두 줄이 정문의 옆에 생겨났다.

"이런 느낌인가."

모용천은 짧게 중얼거리고, 정문을 쏘아봤다. 채찍의 운용에 대해 어느 정도 깨달았다는 얼굴이었다.

"당신은 대체… 누구죠?"

정문의 입이 힘겹게 열렸다. 강호에 나와 몇 번이나 똑같은 소리를 들었을까?

"내 이름은 모용천이오. 어쨌든 나는 이대로 돌아갈 것이며, 그대에 대한 이야기는 하지 않을 것이오. 하고 싶지도 않고. 그러니 그대도 그만 돌아가시오."

모용천이 단호히 말했다.

고개를 몇 번 흔들어 정신을 차리고 정문이 말했다.

"모용천… 모용천이라! 그런 무공을 가지고도 백 년을 살지 못할 텐데 아쉽지 않나요? 나와 함께 있으면 영원한 젊음을 누릴 수 있어요. 여자? 나와 함께 있으면 셀 수 없이 많은 여자를 품을 수 있는데 한 사람에게 집착할 필요가 있나요?"

촤라락!

열띠게 말하던 정문이 입을 다물었다. 채찍 끝이 그녀의 앞머리를 때린 것이다. 이마에 생채기 하나 내지 않고 흘러내린 몇 올의 머리카락만 때렸으니, 그 수법이 실로 정묘했다. 채찍을 다루는 품새는 분명 처음이거늘!

"말조심하시오."

모용천의 말이 서릿발같이 싸늘했다. 온몸이 얼어붙는 느낌이 정문을 사로잡았다.

한 번의 채찍질과 한마디 말로 정문을 제압한 모용천은 몸을 돌렸다.

"우리는 이만 가겠소."

몸을 돌린 곳에는 남궁미인이 묘한 얼굴로 모용천을 바라보고 있었다. 모용천은 나직이 말했다.

"그만 내려갑시다. 오래 있을 곳이 못 되오."

그때, 등 뒤에서 정문이 소리쳤다.

"그년이 뭔데! 그년이 대체 뭔데 영원한 젊음도 필요없다는 거죠? 당신에게 그년이 대체 뭐죠!"

"쓸데없는 소리."

모용천은 짧게 대꾸하고 걸음을 옮겼다. 그러나 남궁미인은 따라 움직이지 않았다.

"어디 다쳤소?"

아무래도 남궁미인의 상태를 잘 살피지 못했으니 걱정이 앞섰다. 그러나 모용천의 걱정과 달리, 남궁미인의 입에서는 다른 말이 나왔다.

"나도 듣고 싶어요."

"무얼 말이오?"

"내가, 당신에게, 어떤, 의미인지를."

한마디, 한마디.

끊어 묻는 남궁미인의 눈빛이 실로 많은 말을 담고 있었다.

"……."

모용천은 남궁미인과 시선을 맞추고 한참을 바라보았지만 무슨 말을 해야 할지 도무지 알 수 없었다.

"…내려갑시다."

고작 나오는 말은 이런 것이다.
더는 할 수도, 할 말도 없었다.
지나치는 모용천의 귓가에 원망 어린 목소리가 들렸다.
"…나쁜 사람."

점입가경(漸入佳境).

현 무림을 가장 잘 설명하는 말을 꼽으라면 이 네 글자가 단연 첫 줄에 놓일 것이다.

마왕의 길이 피로 물들면 물들수록 그 앞을 가로막는 자들은 늘어만 갔다. 한 사람을 죽이면 두 사람이 덤벼들었고, 두 사람을 죽이면 네 사람이 덤벼드는 것이다. 이렇게 마왕은 홀로였고 가로막는 자들은 여럿이었다.

이미 무당과 제갈세가가 다수를 동원해 마왕과 싸웠으니, 다른 이들이 무슨 체면을 차리겠는가?

하나 그러면서도 정도무림인의 체면과 위신을 버렸다고 하는 자는 없었다. 마왕을 잡아 천하를 평안케 하는 일이 우선이니, 그에 비하자면 개인이나 문파의 체면은 도리어 가벼운 것이 아닌가?

궤변이지만, 무리지어 마왕에게 달려가는 이들의 마음을 편안케 하면 그것으로 족하리라.

그렇게 가벼운 마음으로 마왕 앞에 선 자들이, 역시 편안한 마음으로 죽었을지는 의문이었지만 말이다.

마왕이 느긋한 걸음으로 호북을 횡단하는 도중 목숨을 잃은 자가 몇이나 되었을지, 잃어버린 생명을 집계하는 것은 헛된 일이다.

하지만 사람은 그 헛된 일에 더 눈을 밝히는 법. 호사가들에게 최근 가장 큰 관심거리는, 바로 마왕의 행로를 논하는 것이었다. 그가 강호에 나왔다는 게 처음 알려진 날로부터 과연 몇 사람이나 목숨을 잃었는지. 가장 최신의 정보, 많은 수의 사람과 소속을 아는 자가 대접받는 웃지 못할 상황이 골목마다 펼쳐지고 있었다.

반대로 가치있는 일이 무엇인지 볼 줄 아는 이도 적게나마 분명히 존재했다. 마천상야공의 검은 기운에 먹힌 생명이 몇이나 되는지 세기보다 앞으로 희생될 생명을 구하고자 하는 이들이 있었던 것이다.

물론, 가치있는 일은 언제나 외면당하게 마련이었다.

"돌아가시지요."

한일자로 굳게 다문 입술이 야속하다. 신은 선사가 다시 간곡하게 말했다.

"나무아미타불… 그러지 말고 다시 한 번 생각해 보시오. 마왕의 무위는 이미 인간의 것이 아니니, 설령 잡는다 해도 피해를 어찌 감당할 것이오?"

붉은 코, 항와개도 한마디 거들었다.

"죽으려면 너나 죽으란 말이다, 이 말코 도사야! 왜 애꿎은 제자들까지 사지로 몰아넣고 그러냐?"

"돌릴 마음이라면 오지도 않았습니다."

꽉 다문 입이 그나마 긴말을 뱉어냈다. 그러나 그마저도 바위처럼 단단하였으니 신승이나 항와개나 낙심천만이었다.

강호의 배분을 따지자면 가장 윗자리에 있을 두 사람이다. 그런 그들의 말을 완강한 태도로 거부할 수 있는 자 또한 몇 안 된다. 무당 장문인 진화 진인의 사형제, 여기 이 진광 진인(眞廣眞人) 정도는 되어야 가능한 일이다.

"진허와 진공이 이미 목숨을 잃었습니다. 이대로 놈을 보낸다면, 무당의 위신이 떨어지기 전에 제 가슴이 뚫려 죽을 겁니다."

진광 진인, 편히 불러 진광자는 육십을 넘긴 나이에도 정력적으로 여러 일에 간섭하기를 즐기는 행동가였다. 또한 검에도 조예가 깊어 사람들은 무당의 여러 검수 중에서도 첫 번째로 망설임없이 진광자를 꼽곤 했다.

"이 사람아, 잘 생각하게! 자네마저 죽으면 무당에 대체 누가 남는단 말인가? 또 저 제자들은? 모두가 헌앙하니 정도무림의 동량이 될 재목들이건만, 채 꽃을 피우기도 전에 마왕의 앞에 버리고 말 생각인가?"

항와개가 이해할 수 없다는 눈으로 말했다. 항와개의 말이 먹혀들었는지, 진광자의 눈이 잠시 흔들렸다.

최근 들어 신창권문이 세를 얻고 정파 무림맹이네 뭐네 하지만, 전통적으로 호북성은 무당의 앞마당이었다. 무당과 지역 사회는 일이십 년으로는 바꿀 수 없도록 강하게 유착되어 있었고, 호북에 대한 무당의 자존심은 딱 그만큼이었다.

그러니 제 앞마당과 같은 호북성을 마왕이 가로지르도록 내버려 둘 수야 없는 노릇이었다. 결과는 차치하더라도 말이다.

그러나 결과는 예상보다 참혹했다.

일진 삼십 명, 이진 삼십오 명.

도합 예순다섯 명이 마왕 하나를 당해내지 못하고 쓰러진 것이다.

그중에는 무당이 자랑하는 두 사람의 고수도 포함되어 있었으니, 바로 장문인의 사제들인 진허 진인과 진공 진인이었다.

"무량수불… 이미 늦은 일입니다. 두 분 선배께서는 헛된 걸음을 하신 겁니다."

망설임도 잠시, 진광자의 눈은 다시금 빛나기 시작했다.

"여기서 물러나는 것은 그저 한 번의 머리 숙임이 아닙니다. 대무당의 정기가 꺾이는 일이니, 이대로 돌아간다면 저들이 앞으로 과연 정도무림의 동량으로 클 수 있겠습니까?"

앞선 일진과 이진이 삼십여 명의 규모를 고수했던 것과 달리, 진광자가 이끄는 삼진은 오히려 그 수가 적었다. 진광자를 포함해 겨우 열다섯 명이니, 누가 봐도 무모한 도전이었다.

진광자는 분연히 일어나 말했다.

"두 분 선배께서 무슨 생각을 하시는지 알고 있습니다. 선배들의 눈에 나와 제자들은 이미 죽은 목숨이겠지요!"

그의 말 그대로였다. 신은과 항와개의 눈에 진광자가 이끄는 무당의 삼진은 그저 죽으러 가는 꼴밖에 안 되는 것이다.

두 사람은 몇 주 전 황종류를 앞질러 그를 잡으러 가는 자들을 막고 다녔다. 물론 강제로 막을 수는 없었으니 그들의 시도는 한 번도 성공한 적이 없었다.

마왕을 잡았다는 한마디.

 신기루 같은 한마디 말에 홀려 사람들은 불나방처럼 마왕에게로 뛰어들었던 것이다.

 신은과 항와개는 어쩔 수 없이 멀리서 마왕의 신위, 아니, 마위(魔威)를 목도할 수밖에 없었다.

 그리고 내린 결론은 다른 게 없었다. 십왕 중 누군가가 나서지 않는다면 몇 명이 되었든 마왕의 앞을 가로막는 것은 곧 죽음을 뜻한다는 것을.

 그러나 십왕 중 나설 수 있는 자가 없었다.

 권왕 우진은 이미 정파 무림맹주라는 자리에 스스로를 매어 쉬이 움직일 수 없는 몸이었다.

 검왕 남궁익? 마왕의 출현 직전까지 무림을 떠들썩하게 만든 사건에 직접적으로 관련된 자다. 딸의 일만으로도 머리가 복잡할 것이다.

 독왕 당사윤? 멀리 사천 땅에서 유유자적하며 무림의 일이란 강 건너 불 보듯 하는 자다. 실익이 없는 일에 끼어들 위인이 아니었다.

 도왕 팽요색 정도가 그나마 움직일 만한 자이다. 그러나 그 역시 움직일 리 없다. 지금 마왕에게 덤벼드는 이들은 대부분 과거를 가져오려는 자들이다. 십왕과 오대세가로 재편된 현 무림을 인정치 않으려는 자들이다.

입으로야 천하를 위해서다, 민초를 위해서다 말은 좋다. 그러나 그들이 마왕을 잡아 이루려는 것은 대의가 아니라 빼앗긴 자리의 수복이었다.

오늘날 구파일방이란 오대세가, 정확히 말해 검, 도, 독, 삼왕을 보유한 삼대세가를 견제하기 위해 정파 무림맹이라는 하나의 이름으로 뭉친 자들이었다.

그런 자들 앞에 마왕은 어린아이 앞에 설탕 과자를 놓아둔 셈이었다.

자연 무림맹이라는 허울 좋은 이름 아래 뭉친 자들은 맹주의 통제를 벗어나 독자적으로 움직이기 시작했다. 안 된다 타일러도, 혹은 제 스스로 알고 있어도 결국은 설탕 과자에 손을 뻗고야 마는 아이들처럼.

그 유혹에 원한을 덧붙였으니, 항와개와 신은이 아무리 타일러도 진광자가 고개를 끄덕이며 무당산으로 물러갈 리 없었다.

"그럼……."

진광자는 짧게 인사하고 몸을 돌렸다.

"미련한 놈 같으니!"

길 저편으로 사라지는 뒷모습에 대고 항와개가 갖은 욕을 퍼부었다. 며칠간 자신이 해온 일이 무엇이었는지, 오랜 세월을 통해 관조의 지혜를 얻은 거지도 자괴감으로부터 자유로울 수 없었던 것이다.

"나무아미타불… 나무아미타불……."

신은 또한 답답한 마음에 염주를 돌리며 나무아미타불을 암송했다. 그런 신은에게 항와개가 소리쳤다.

"젠장! 염불만 외어서 사람을 살릴 수 있나? 헛짓거리지! 다 헛짓거리야!"

염불 외는 소리가 잦아들었다. 항와개와 마찬가지로 신은도 마음속 깊이 무력감에 젖은 것이다.

"……"

한참 말이 없는 두 사람.

그러던 중 항와개가 먼저 입을 열었다.

"진광, 저 빌어먹을 놈이 죽는 꼴도 그렇고, 더 두고 볼 수가 없군! 차라리 내가 콱! 죽어버리는 게 낫지!"

"곡 선배, 그게 무슨 말씀이시오?"

"무슨 말이기는? 땡중, 우리가 이렇게 나서서 말리는데도 어느 한 놈 말을 들어 처먹더냐? 나는 더 못 참겠다. 진광, 저 말코와 함께 싸워서 죽든가 해야지."

"나무아미타불… 하나 그렇게 되면……."

콱!

항와개의 타구봉이 바닥을 강하게 찍었다.

"방금 그 말코 놈을 따라가는 것들을 너도 봤을 거 아니냐?

전부 앞날이 창창한 젊은이들 아니냐. 녀석들도 각자 생각하는 바가 있어 따라왔겠지만, 그 나이에 죽으면 억울해서 눈도 못 감을 거다."

"……."

항와개의 말이 무슨 뜻인지 알 수 있었다. 신은은 잠자코 서너 살 많은 노개의 말을 경청했다.

"땡중, 너나 나나 목숨이 아까울 나이도 지났겠다, 또 죽음이 두려운 것도 아니질 않냐! 꼭 아까 그 무당과 어린애들이 아니더라도, 그 수배, 수십 배 되는 아이들이 죽으면 그 원통함이 다 어디로 갈까!"

"나무아미타불……."

"그래, 솔직히 자신은 없다. 우리가 같이 봤지만, 난 아직도 그놈이 나랑 같은 인간인지 의심스러울 정도니까. 피륙으로 만들어진 사람의 몸으로 어찌 그런 마공을 펼칠 수 있는지……."

대개방의 방주가 이렇게 약한 말을 하다니! 이 자리에 다른 사람이 있어 항와개의 말을 들었다면 크게 놀랐을 것이다. 그러나 신은은 놀라는 대신 고개를 끄덕였다.

마왕의 몸에서 펼쳐지는 마천상야공은 그만한 위력을 가지고 있었으니까.

옛 기록에 실린 전대의 마인도 지금의 황종류에 비할 수 있을지 모를 정도였으니까 말이다.

어두운 표정으로 고개를 끄덕이는 신은에게 항와개가 웃으며 말했다.

"그래도 너 땡중이 도와주면… 그래, 놈에게 일격이라도 가할 수 있지 않을까 싶다."

"……."

"지금 이러고 돌아다니는 건 아무런 효과도 없다. 하지만 너와 내가 죽었다고 하면 그건 또 나름대로 의미가 있을 게 아니냐? 천둥벌거숭이처럼 날뛰는 놈들에게 조금이라도 경각심을 일으킨다면 그걸로 족한 게 아니겠냐? 뭐, 잘해서 놈에게 피해를 입히면 천 명이 죽을 거 오백 명으로 줄일 수도 있을 테고 말이지. 안 그러냐?"

노개의 심지가 실로 깊고 또 깊었다. 어떻게 하면 조금이라도 많은 중생을 살릴 수 있을지, 단지 뛰고 설득하는 것만 보였던 신은은 눈앞이 환히 밝아지는 것 같았다. 불자도 아닌 거지가 제 목숨으로 만인을 구하고자 하니 이토록 기특한 일이 또 있을까?

"나무아미타불 관세음보살……."

신은이 합장을 하며 고개를 숙였다. 항와개는 고개를 까딱거리며 말했다.

"땡중, 나랑 죽자!"

*   *   *

 먼 옛날의 기억이 이어져서라는 말이 있다.
 인간이 뱀에게서 느끼는 원초적인 두려움. 의식의 뒤편에 자리 잡은 감정은 그 옛날 기억의 각인이니 제어할 수 없다는 뜻이다. 놈의 혀 내미는 소리, 미끈한 몸뚱이는 상상하는 것만으로 혐오와 공포를 불러일으킨다.
 그렇다면 이 무공이 불러일으키는 두려움은 어디에서 비롯된 것인가? 인간의 형상이 사라지고, 오로지 검은 기운만이 남아 휩쓰는 무공, 아니, 마공(魔功)!
 마천상야공 또한 오래된, 내 것이 아닌 기억에 그 위력이 새겨져 있지는 않은가?
 사람이란 압도적인 힘 앞에서도 이렇게 딴생각을 할 수 있는 것인지, 아니면 이렇게 눈을 돌릴 수밖에 없는 것인지.
 무당의 젊은 제자, 동형(東衡)의 머릿속은 비 온 뒤의 대나무밭처럼 자라나는 잡념으로 가득했다.
 "동형! 자리를 지켜라!"
 평소 수련이 얼마나 엄했는지, 그 와중에도 스승의 엄준한 목소리가 귓속을 파고들었다. 동형은 퍼뜩 정신을 차리고 검을 들었다.

채채챙!

'크윽……!'

검은 기운이 때리고 간 자리, 검날을 통해 전해지는 경력이 뱃속을 휘저었다. 진탕이 된다는 말, 바로 지금 써야 할 것이다.

그러나 동형은 쓰러지지 않았다. 괴로울지언정 내상을 입지도 않은 것이다. 마천상야공의 패악한 기운을 받아내고도 말이다!

채챙!

채채챙!

실체없이 흐르는 검은 기운은 그러나 검과 만나 금속성 소리를 일으켰다. 동형의 사형제들, 이십대 초중반의 젊은 검수들이 차례로 마천상야공을 받아냈다.

이들의 스승, 열다섯 명의 중심에 선 도사, 진광자가 크게 소리쳤다.

"방위를 지켜라!"

놀랍게도 동형을 비롯한 여섯 제자가 마천상야공을 견뎌내고 점하고 있는 방위를 고수했다. 이 젊은이들이 특별히 깊은 내력을 지닌 것은 아니었다.

쏴아아아아—

검은 안개, 마천상야공의 기운이 한자리로 돌아왔다. 검은 기운은 곧 백의장년인으로 화하였다. 마왕, 황종류였다.
 황종류는 살짝 턱을 들고, 나직이 중얼거렸다.
 "무당의 칠성검진이 둘이라······."
 사람을 죽임에 있어 감정의 변화가 없는 황종류였다. 길을 막은 자들을 죽이는 것과 탁자 위를 정리하는 것. 전혀 다른 양자가 마왕에게는 감정적으로 등가인 것이다.
 평시에는 보통 사람과 같아 보이지만, 이렇듯 손에 피를 묻히는 상황에서는 본성이 드러나게 마련이다. 마천상야공에 물든 마성(魔性)이 아니다. 황종류라는 사람의 마음이 본래 그렇게 만들어진 것이다.
 그런 황종류가 희미하게나마 관심을 표명한 것이다.
 "알아보기는 하는군!"
 진광자가 호기롭게 외쳤다.
 마왕을 상대로도 위력을 발휘할 수 있을지 스스로도 반신반의했던 진광자였다. 그러나 제자들이 내상을 입지도, 당하지도 않고 견뎌낸 것을 보니 자신이 생긴 것이다.
 황종류의 말대로 진광자들이 형성한 진형은 단순한 칠성검진이 아니었다. 진광자를 북두로 하여, 하늘 별 일곱의 방위를 점한 검진이 둘이었다.
 두 개의 칠성검진이 진광자라는 북두성을 중심으로 돌고 있었다.

검진이 둘이니 위력도 두 배라는 단순한 계산은 성립되지 않았다. 깊은 무리와 커다란 위력은, 두 검진이 맞물리면서 더하기가 아니라 곱하기 혹은 그 너머로 확장되는 것이다.

물론 이를 완성하기까지 얼마만큼의 노력이 필요했는지는 너무나 당연해 언급할 필요도 없었다.

"보이는 것에 현혹되지 말라! 거듭했던 수련이 녹아 있는 너희들의 몸만을 믿어라! 내 지시를 믿어라!"

진광자가 다시 소리쳤다. 그에 호응하듯 검진을 형성하는 제자들에게서 강대한 기운이 뿜어져 나왔다.

동문들에게조차 미친 짓이라고 매도당했던 두 개의 칠성검진. 자욱한 안개 속을 걷듯 막연히 이론상의 위력만 믿고 수련해 온 세월이 마왕에 맞설 수 있다는 대가로 돌아온 것이다.

자연히 젊은 제자들의 기세가 오를 수밖에 없었다.

시정잡배의 싸움만 싸움이 아니다. 무학의 고수들이 격돌하는 것도 결국 싸움일 뿐이니, 압도적인 실력 차도 종종 기세로 뒤집는 경우가 고래로부터 얼마나 빈번했는가?

하늘 끝까지 오른 기세와 그보다 위험한 두 개의 칠성검진. 몇 걸음 뒤에서 구경만 하고 있던 아자할도 팔짱을 풀었다.

"호오……."

아자할의 눈에도 유기적으로 돌아가는 두 개의 칠성검진

이 놀라웠다. 그러나 그것은 순수한 감탄이었지, 걱정이나 염려와는 거리가 멀었다.

"……."

아무 말 없이 황종류가 움직였다.

마천상야공을 일으키지도 않고 느릿한 걸음으로 검진의 한가운데 뛰어든 것이다. 완벽한 대칭을 이루는 두 개의 칠성검진이 황종류의 난입으로 흐트러지기 시작했다.

"……!"

하늘을 찌르는 기세가 일순 당황으로 바뀌었다. 진광자가 소리쳤다.

"당황해하지 마라! 모두 자리와 방위를 지켜라!"

쉭!

진광자의 경고가 무색하게 한 제자가 당황하며 검을 휘둘렀다. 눈앞을 지나는 황종류를 향해 휘두른 검은 어째서인지 사형제의 어깨를 베고 지나갔다.

"으헉!"

갈라진 살 틈을 붉은 피가 비집고 나온다.

진광자가 소리쳤다.

"움직여라! 곤(坤)! 리(離)! 음북서(陰北西)!"

진광자가 지목한 자리를 중심으로 검진이 움직이기 시작했다. 그러나 한 번 흐트러진 검진은 다시 돌아오지 않았다.

검진을 움직였을 뿐인데, 땅에서 솟아난 듯 황종류의 신형이 눈앞에 나타난 제자들은 무턱대고 검을 휘둘렀다.

"크윽!"

"악!"

순식간에 여섯 제자가 검을 들지 못할 만큼 중상을 입었다. 황종류가 아니라, 동문수학하던 사형과 사제들에게서 말이다.

"이럴 수가……."

흐트러진 검진의 한가운데, 진광자가 망연자실 서 있었다. 검진의 맥, 황종류는 한 번의 견식으로 그것을 정확히 읽어냈다. 무턱대고 걸어 들어간 것처럼 보였지만, 황종류가 점한 위치는 명백히 두 개의 칠성검진이 발동하기 위한 시발점이었던 것이다.

동문들이 모두 말렸던 두 개의 칠성검진. 그를 하늘 끝까지 치켜세웠던 칠성검진이 다시 땅 위로 끄집어 내린 것이다.

"……."

진광자의 눈앞에 다시금 표정없는 얼굴로 돌아온 황종류가 서 있었다. 황종류의 입이 거짓말처럼 열렸다.

"칠성검진은 그 자체로 완성된 검진인데, 쓸데없는 짓을 했군."

"쓸데없는 짓이라고?"

황종류는 대답 대신 우장을 내밀었다.

우우우우웅―

마천상야공의 검은 기운이 아주 희미하게 황종류의 손을 맴돌았다.

"사람들이 종종 저지르는 실수 중 하나이니, 너무 괴로워할 필요는 없네."

이례적으로 황종류의 말이 길었다. 그러나 그만큼 진광자의 마음을 허물어뜨리는 말이 또 있을까?

"으아압!"

진광자의 검이 벼락처럼 뻗어나갔다.

채챙!

그러나 검은 황종류에게 닿기도 전에 반 토막 나 땅으로 떨어졌다. 그리고 스쳐 지나가는 황종류의 신형에서, 미처 따르지 못한 검은 기운의 잔영이 진광자를 감쌌다.

진광자는 변변한 공격 한 번 해보지 못하고 시체가 되어 쓰러졌다.

털썩!

"사부님!"

곳곳에서 비명 소리가 들렸다. 무너진 검진, 기댈 곳은 오로지 지시해 줄 사부뿐이었다. 그 진광자가 죽었으니 아직 제자리를 지키고 선 제자들이 무색한 순간이었다.

"비청."

조용히, 그러나 똑똑히 아자할의 귓가에 울리는 목소리. 아자할은 귀를 세웠다.

"하명하십시오."

"나머지는 알아서 처리하라."

"존명!"

아자할에게는 감탄의 대상인 두 개의 칠성검진은, 기실 황종류에게는 희미한 관심에 그쳐 흥미도 유발하지 못한 것이다.

멀리 떨어져 참전의 의사를 밝히지 않던 비청면주 아자할이 드디어 움직이기 시작했다. 강호에 나온 뒤 처음 있는 일이었다.

뚜둑, 뚜둑.

아자할은 고개를 몇 번 비틀고, 두 팔을 크게 휘둘렀다. 아닌 게 아니라 온몸이 굳어 있었다. 강호에 나와 움직인 것은 어디까지나 황종류 한 사람이었던 것이다.

"흠……."

사지가 멀쩡히 돌아가는지 점검을 끝낸 아자할이 시선을 돌렸다.

"재미있는 건 다 하셨구만."

중얼거리고, 아자할은 황종류가 스쳐 지나간 검진으로 향했다. 무너진 검진은 홀로 있기만 못하다. 무당의 젊은 제자들은 아직도 스승을 잃은 충격에 빠져 헤어나질 못하고 있었다.

저들을 처리하라니, 차라리 마당을 쓰는 게 어려울 것이다. 그렇게 생각하며 아자할의 손이 움직인 순간이었다.

움직일 줄 모르는 무당 제자의 앞을 한 그림자가 가로막고 섰다. 여유롭게 내밀은 한 수에 아자할이 다급히 내력을 밀어 넣었다.

파파팍!

손가락과 손바닥이, 내력과 내력이 격돌했다. 일어날 리 없는 불꽃이 실재인 양 허공에 피어올랐다.

쉬이익!

그 순간, 마왕의 머리 위에 또 다른 그림자가 나타났다.

"타앗!"

짧은 기합 소리. 연이어 누런 기운이 넘실거리는 주먹이 황종류의 천령개로 꽂혔다.

화아악—

주먹이 정수리에 닿은 순간, 모래성 무너지듯 황종류의 몸이 연기가 되어 사방으로 퍼졌다.

"쳇!"

아자할을 물러나게 한 늙은 거지, 항와개가 혀를 찼다. 자신이 주의를 끌고 신은이 황종류에게 한 방 먹인다는 작전이 수포로 돌아간 것이다.

마왕이 있던 자리에 내려앉은 신은. 공격이 무위에 그쳤으나, 주먹 끝에 무언가 느낌이 있었다.

"……."

신은의 시선이 가 닿은 곳. 사방으로 퍼진 검은 연기가 그곳에 모여 하나로 뭉치고 있었다. 연기는 곧 형태를 띠고, 사람이 되었다.

그렇게 다시 모습을 갖춘 황종류의 볼에 아주 희미한 생채기가 나 있었다.

"……!"

볼에 난 한 가닥 생채기는 얼마 안 가 지워질 만한 것이었다. 그러나 중요한 건 생채기가 아니었다. 마왕도 건드리면 건드려지는 인간이라는 것. 생채기가 증명하는 것은 이처럼 컸다.

"혼원일기공… 소림인가?"

자고로 불력(佛力)은 항마(降魔)라 했다. 여유있게 피한 주먹에 상처를 입었다면 이유는 하나뿐일 것이다.

"나무아미타불……."

신은은 대답 대신 합장을 했다.

한 걸음 뒤로 물러난 항와개가 신은과 등을 맞댔다.

"야, 이거, 야단났다."

속삭이는 항와개의 손바닥에 붉게 파인 자국이 선명했다. 아자할의 손가락이 할퀴고 지나간 자리다.

"이놈도 보통 놈이 아니다, 야."

"으음……."

신은이 무겁게 고개를 끄덕였다. 그의 주먹도 검게 물들어 있었다. 소림의 무공, 불법을 담은 혼원일기공이 마를 제압하는 힘이 있다지만 한계가 있는 것이다. 황종류의 마천상야공은 신은의 혼원일기공을 가볍게 능가하였으니, 오히려 더 큰 피해를 입었던 것이다.

"쩝, 이렇게 죽으면 체면이 안 서는데."

항와개는 입맛을 다시며 중얼거리고는, 죽봉을 휘둘렀다.

"어이, 뭐 하냐, 이놈들아! 제 목숨 내어주려고 작정했냐? 얼른 도망쳐라! 어서!"

두려움에, 혹은 실망감에 의욕을 잃고 서 있던 무당과 제자들이 정신을 차렸는지 움직이기 시작했다.

"어딜!"

제자들을 쫓으려는 아자할의 앞을 항와개의 타구봉이 가로막았다. 그러자 대뜸, 갈퀴처럼 구부린 손가락이 항와개를 노렸다.

쉭! 쉬익!

단 한 수를 나누었을 뿐이지만 아자할의 손가락이 얼마나 위험한 물건인지 항와개는 뼈저리게 알고 있었다. 항와개는 감히 맨손으로 대적하지 못하고 타구봉을 휘둘렀다.

쇠붙이로도 상처 하나 입히지 못하는 타구봉이다. 아자할의 손가락과 타구봉이 부딪치자 돌끼리 부딪치는 소리가 났다.

파곽! 곽!

순식간에 십여 초가 오고 갔다. 딱히 누구의 우위도, 열세도 드러나지 않고 두 사람은 약속이나 한 듯 서로 물러났. 어색한 성조가 다소 거슬릴 뿐, 아자할은 유창한 중원말로 말했다.

"개방 방주면 방주답게 밑에 거지들이나 잘 다스릴 일이지, 왜 남의 일에 끼어드는 건지 모르겠군."

아자할은 항와개가 누군지 알고 있다. 하지만 항와개는 아자할을 모른다. 그저 마왕의 수발을 드는 자이거니, 무공을 지녀도 수준이 떨어지는 자일 거라 생각했으니 충격이 컸다. 아자할의 무위가 자신에 비해 한 점 손색도 없었던 것이다.

항와개는 놀라움을 갈무리하며 대꾸했다.

"이미 남의 일이라고 할 수는 없지."

항와개가 아자할을 막는 동안 무당파 제자들은 멀리 도망치고 있었다. 어쨌든 최초의 목적은 달성했나 싶었는데, 바로 그렇게 마음을 놓은 순간 사단이 일어났다.

화아아아아악!

황종류의 몸이 흐려지더니, 검은 기운으로 변하여 사방으로 확 퍼졌다. 종이 위에 떨어뜨린 먹이 번지듯, 마천상야공은 엄청난 속도로 번지기 시작했다. 검은 기운은 항와개와 신은을 무시하고 오로지 도망치는 무당파 제자들을 쫓는 것이다.

"으아아악!"

걸음이 느린 제자 하나가 검은 기운에 휘말려 비명을 질렀다.

"이런 젠장!"

항와개가 소리치며 타구봉을 휘둘렀다. 그러나 검은 기운으로 화한 황종류에게는 아무런 영향도 미치지 못하는 것 같았다.

"으헉… 꺼억……!"

"크윽!"

검은 기운은 경공보다 빠르게 번져 도망치는 제자들의 발보다 빨랐다. 휘말린 제자들의 비명이 사방에서 들려왔다.

"나무아미타불……!"

신은도 새하얀 얼굴로 혼원일기공을 일으켰다. 그러나 마천상야공의 검은 기운은 미꾸라지처럼 신은의 누런 주먹을 피해갔다.
 그때,
 쉬이익!
 한줄기 청량한 바람이 불었다. 바람은 마천상야공의 검은 기운을 물리고, 막 휘감기려던 무당파 제자를 구해냈다.
 슈슈슈슈슉―
 바람에 밀려 다시 한자리로 모인 검은 기운이 황종류로 변했다. 다시 나타난 황종류의 얼굴에 뜻하지 않은 불쾌감이 서려 있었다.
 불어온 바람이 지나간 자리, 황종류의 시선이 한 소년을 담았다.
 누구나 한 번쯤 돌아볼 미소년, 혹은 소년을 가장한 소녀.
 서해영이었다.

                *   *   *

 꿈틀.
 표정없던 황종류의 얼굴에 변화가 일었다.
 반가움?
 가늠하기 힘든 표정이었다.
 "……"

"……."

 어느새 황종류의 몸이 서해영의 앞에 가 서 있었다. 마인과 소년, 아니, 소녀. 마주 선 두 사람의 시선이 복잡하게 교차했다.

 "혈색이 좋군."

 먼저 말을 꺼낸 쪽은 황종류였다. 서해영이 빙긋 웃으며 대답했다.

 "당신을 보지 않아서 그런가 보죠."

 이게 마왕의 앞에서 할 수 있는 말일까? 놀라 기겁한 것은 오히려 듣고 있던 항와개였다. 서해영은 태연하게 말을 이었다.

 "약자를 괴롭히고 다니는 건 여전하군요."

 항와개나 신은이나, 홀연히 나타난 서해영의 정체가 무엇인지 알 길이 없었다. 마왕의 면전에 저런 말을 할 수 있다니, 용기가 가상하다기보다 실성한 게 아닌가 싶은 마음이 앞서는 것이었다.

 그러나 걱정과 달리 황종류는 별다른 행동을 취하지 않았다. 대신 입가가 차갑게 비틀려, 웃었다.

 "호훗, 네 대담한 성정도 여전하구나. 일 년 만인가? 몸은 제법 자란 것 같군."

 서해영을 훑는 시선이 놀랍도록 천박했다. 여염집 처녀라면 그 시선을 받은 것만으로 치욕스러워할 정도였다.

서해영은 이를 앙다물며 대꾸했다.

"그 눈, 당장 거두시죠. 아직 일 년이 남아 있으니까."

"흐응."

황종류는 피식 웃으며 순순히 시선을 거두어들였다. 그 모습이 항와개와 신은의 눈을 동그랗게 만들었다. 저 소녀는 대체 누구인데 마왕을 저리 다루는지, 놀랍기만 했다.

"그래, 일 년 만에 나타나서 하는 말이 겨우 그거인가? 무당의 도사들을 살려달라는?"

"왜요, 그러면 안 되나요?"

서해영은 지지 않고 대답했다.

물론 그녀가 마왕에게 이리 대할 능력이나 조건을 갖춘 건 아니었다. 단 하나, 그녀가 가졌다고 생각하는 것이 여전히 그러한지 확실치 않은 믿음 하나로 마왕과 맞서 말하는 것이다.

스윽.

검은 기운을 물리고 무당과 제자를 구한 청량한 바람. 그 바람을 일으킨 장본인이 서해영의 뒤에 나타나 섰다.

절창이었다.

이번에도 먼저 말을 꺼낸 쪽은 황종류였다.

"오랜만이군."

절창은 가볍게 고개를 숙였다.

"오랜만이오."

"저 성질머리 다 받아주려면 여간 힘들지 않겠어. 고생이 많겠군."

황종류는 턱짓으로 서해영을 가리키며 말했다. 절창은 대답하지 않았다.

"어쨌든 둘 다 오랜만에 나타나서 하는 짓이나 말이 다 마땅치 않은데, 어쩌면 좋을까……."

그사이 살아남은 무당파 제자들은 모두 멀리 달아나 다시 잡기란 귀찮은 일이 되었다. 자리에 남은 것은 항와개와 신은, 둘 뿐이었다.

"한 사람은 개방의 방주이고, 한 사람은 소림 정 자 항렬… 저런 무림의 대선배들이 작당하여 아무 짓도 하지 않은 나를 죽이려 드는데, 내가 저들을 놓아주어야 하나?"

황종류의 목소리는 은은하니 향마저 서려 있는 착각을 불러일으켰다. 그러나 그 말이 담은 내용은 결코 녹록치 않았다.

항와개 곡진충과 신은 정혜.

두 사람의 생살여탈권이 이미 자신에게 있음을 과시하는, 그러나 누구도 그를 부정할 수 없는 말이었다. 누구보다 당사자들이 잘 알고 있었다.

이 상황에서 누가 마왕에게 침착히 대할 수 있을까?

오직 서해영만이 가능할 것이다.

"당신은 그래야만 할걸요? 저들은 바로 당신의 손에 죽으러 온 자들이니까."

"내 손에… 죽으러 왔다?"

서해영의 말을 반복하는 황종류. 그런 황종류에게 서해영이 다시 말했다.

"그래요. 헛되이 당신에게 달려들 자들에게 경고를 주고자 목숨을 내던진 것이죠."

항와개와 신은의 놀라움은 방금 전과 비할 바가 아니었다. 저런 미모는 잊으려 해도 잊을 수가 없다. 분명히 생전 처음 보는 소녀인데, 자신들의 속에 들어앉은 것처럼 정확한 말을 하는 것이다.

"흐음……."

황종류는 차가운 시선으로 항와개와 신은을 보고, 다시 서해영을 봤다.

"지금 저 둘을 죽인다면 아무도 내 앞을 막지 않을 거란 말인가?"

"그래요."

힘주어 말한 서해영은 황종류와 시선을 맞췄다. 당신이 강호에 나온 이유가 무차별적인 살육이라면, 더 많은 먹잇감을 위해 저들을 풀어주는 지혜가 필요하다고 말한 것이다.
 하지만 이는 서해영의 실착이었다. 황종류는 서해영에게서 눈을 떼지 않으며 말했다.
 "그럼 죽이는 편이 낫겠군."
 "예?"
 "안 그래도 슬슬 귀찮아지는 중이었다. 저들을 죽이면 편해진다니, 죽여야 할 게 당연하지."
 "그런……!"
 황종류는 손을 내밀어 뭐라 외치려는 서해영을 저지했다.
 "착각하지 마라. 나는 다른 뜻이 있어 강호에 나온 게 아니다. 볼일이 있고, 그 일만 해결되면 누가 붙잡아도 제마성으로 돌아갈 것이다."
 "……"
 "내가 찾아가서 죽인 놈은 하나도 없지. 다들 날 찾아와서 죽여 달라 읍소를 하니 그걸 또 무시할 수는 없지 않나? 이렇게 얘기해 놓으니 나도 억울하군."
 서해영을 대하는 황종류의 태도가 놀라웠다.
 마왕이라는 이름. 제마성의 주인 된 자. 자연히 떠올리게 되는 거마의 자질을 한 몸에 갖추었다고 평가받는 자.
 그런 황종류가 한 소녀 앞에서 스스로 억울하다며 농을 던지는 모습을 누가 상상이나 할 것인가? 황종류는 이목을 두려워하지 않는 듯, 재차 얘기했다.

"마천상야공 때문인지, 그 마인과 나를 겹쳐 보는 시선이 있다는 건 이해하지만 너까지 그러지는 말거라."

"……."

"뭐, 어쨌든. 저들의 생각대로 죽음이 경고로 작용할까? 나는 그렇지 않을 거라고 생각한다만… 궁금하긴 하군. 지금까지 쌓인 시체의 산으로도 알아먹지 못한 놈들이 과연 저 두 늙은이가 죽었다고 나를 내버려 둘지 말이야."

말을 마친 황종류의 시선이 다시 처음의 것으로 돌아왔다. 시선이 미치는 곳에 서늘한 죽음의 그늘을 드리우는 마왕의 시선. 이렇게 되면 항와개와 신은을 살릴 방도는 없다고 봐야 했다.

한결 조심스럽게 서해영이 말했다.

"그렇다면 대체 왜… 강호에 나온 거죠? 볼일이라는 게 대체 뭐죠?"

"볼일이라… 이름이 뭐였지?"

황종류는 턱수염을 쓰다듬으며 아자할을 바라봤다. 잊혀진 이름을 아자할이 일깨웠다.

"모용천이라 했습니다."

아자할의 말을 듣고 황종류는 고개를 끄덕였다.

"그래, 그래. 모용천이라는 이름이었지."

"……!"

"본 성이 자랑하는 고수들이 하나같이 그자에게 무릎을 꿇었는데 어찌 가만 놔둘 수 있을까?"

황종류는 그러면서 절창에게 시선을 돌렸다.

"외오각주 중 셋이 그자에게 당하고, 둘은 아무 소득 없이 물러났지. 그들이 안 되면 대체 누가 나서야 하겠나? 매일 업무에 시달려 얼굴 보기도 힘든 천리안? 스스로 손발이 되어주겠다 찾아와서는 뭐가 불만인지 밖으로 나돌기만 하는 절창?"

"그래서… 직접 나서신 건가요?"

올라간 입매가 대답을 대신하고 있었다. 실제로는 절창을 책망하는 말이었지만, 서해영의 귀에 그런 게 들어올 리 없었다.

"그래요… 알았어요."

서해영은 간신히 대답하고 몸을 돌렸다. 등 뒤로 황종류의 말이 들려왔다.

"약조한 날까지 일 년이다, 일 년. 잊지 말거라."

서해영은 입술을 깨물었다.

약조한 날, 남은 시간.

예전 같으면 가슴속을 파고들었을 이야기들이 아무렇지도 않게 느껴졌다. 그런 것들은 중요한 게 아니었다. 지금 중요한 것은 따로 있었다.

우우우우웅—

등 뒤로 마천상야공을 시전하는 소리가 들려왔다. 그러나 서해영은 돌아보지 않았다. 대신 걸음을 재촉하며 뒤따르는 절창에게 말했다.

"찾아야 해. 빨리, 저 사람보다 먼저."

"……."

절창은 대답하지 않았다.

어차피 그의 임무는 서해영이 원하는 모든 것을 들어주는 것이었으니까.

쉬이 끓은 물은 쉬이 식는다.

마왕의 출현에 들끓었던 무림도 언제 그랬냐는 듯 차갑게 식어 있었다. 몇 년간의 공백이 희석시켜 주었던 마왕에 대한 두려움이 되살아난 것이다.

개방 방주, 항와개 곡진충.

소림 선사, 신은 정혜.

은거에 들어간 전대의 고수 중에서도 대표로 꼽히는 두 사람이다. 무당의 완패와 이 두 사람의 죽음은 섶을 지고 불로 뛰어들려던 많은 이들을 주저케 했다.

마왕이라는 이름에서 오는 달콤한 유혹.

한동안 유혹에 빠져 허우적대던 사람들은 저 두 사람의 죽음으로 인해 비로소 마왕의 실체를 정면으로 바라볼 수 있었던 것이다. 마왕을 잡으면 더할 나위 없이 좋겠으나, 그전에 죽을 확률이 십 할의 근사치임을 드디어 알게 된 것이다.

하여 마왕을 노리는 자들은 급격히 줄어들었다.

자연히 걸음도 빨라졌으니, 황종류는 구월이 오기 전 사천 땅에 들어섰다.

반면 모용천의 걸음은 느리고 또 느렸다.

사천 땅에 이르기까지 수많은 척살대를 베고 또 베었던 모용천이다. 걸어오는 싸움을 피한다는 생각은 해보지도 않았던 모용천이다.

그러나 이제는 상황이 변했다. 피할 수 있다면 피하는 것이 최선이다. 적어도 사천 땅에서는 그래야 했다.

사천에서 모용천을 노리는 움직임은 지속적이고, 또 유기적이었다. 이제껏 정파 무림맹의 통제에서 벗어나 각 문파가 자의적 판단에 의해 모용천을 잡으려 하다 실패했다면, 사천의 문파들은 서로 긴밀한 협조와 유대가 이루어졌다는 말이다.

협공, 추적, 다시 협공.

이는 사천 땅의 문파들이 모두 한곳을 제 주인 섬기듯 모시고 있었기에 가능한 일이었다. 중원에 속하면서도 독자적인 사천무림을 형성한 촉한의 땅. 이 땅의 패주(霸主) 사천당문은 모용천이라는 침입자를 좌시하지 않았던 것이다.

이제까지의 추적자들이 정파 무림맹을 등에 업은 척살대였다면, 사천 땅에서 모용천을 쫓는 자들은 앞서 말한 바와 같이 사천당문의 사주를 받은 자들이었다. 이들이 움직여 이익을 취하는 방법은 모용천을 반드시 죽이는 데 있는 것이 아니었다. 그보다는 사천당문의 명을 잘 따르는 데 있었으니, 일부러 목숨을 걸 이유가 없었던 것이다.

항상 네다섯 개 이상의 문파들이 순번이라도 정한 듯 습격과 퇴각을 반복했다. 개중에는 끝내 모용천에게 당한 자들도 있었지만, 큰 그림으로 보면 미미하다 할 정도의 피해였다.

조직적으로 덤비지 않고 괴롭히는 자들은 죽이려 드는 자들보다 훨씬 상대하기 어려웠다. 게다가 사천당문은 무엇보다 용독(用毒)으로 이름난 가문이었으니, 그 산하에 있는 문파들도 저마다 한가락 재주가 있었다.

힘든 나날이 이어지고 있었다.

"저쪽으로 갔다! 잡아라!"
"뛰어! 뛰어라!"
간양(簡陽)이라는 작은 도시도 어김없이 사천당문의 입김

아래 있었다. 사천당문이 위치한 성도(成都)에서 가깝기 때문에 모용천을 쫓는 손길이 한층 더했다.

탁탁탁탁탁—

십여 명, 쫓는 발소리가 골목을 지나 멀리 사라졌다. 숨을 죽이고 있던 모용천과 남궁미인은 그 후에도 한참을 기다린 후에야 그늘 속에서 나왔다.

"괜찮소?"

먼지 구덩이에 묻혀 있었는지, 남궁미인의 머리가 희끗희끗했다.

"……"

남궁미인은 소매와 머리를 털 뿐, 대답하지 않았다.

"이쪽으로 갑시다."

남궁미인은 모용천이 가리킨 방향으로 걸음을 옮겼다.

'나쁜 사람.'

현죽림에서 들은 그 말이 마지막이었다. 그날 이후 남궁미인은 한마디도 모용천을 향해 하는 법이 없었다. 부득이한 경우, 아무도 없는 허공에 대고 이야기했다. 그러면 모용천이 알아듣는 식이었다.

남궁미인의 고의적인 무시.

그 원인이 무엇인지 알고 있었기에 모용천도 다른 말을 하지 않았다. 아니, 할 수 없었다는 편이 더 정확할 것이다. 남궁미인을 당당히 대할 수 있었다면 이런 상황이 오지도 않았을 것이다.

더구나 사천에서 이루어지는 조직적인 습격과 퇴각, 실체가 명확하지 않은 적과 싸우는 생소한 느낌, 전보다 더 신경을 곤두세우게 되는 용독술에 대한 경계.

모용천이 무학에 있어서는 재단할 길 없는 천재이며 이미 절정고수들과 어깨를 나란히 한다 해도 본질은 아직 이십대 초반, 어리다는 말이 더 어울릴 나이다. 외적으로 '힘든' 일에 대한 기준이 다를 뿐이지, 기준을 넘어섰을 때 받는 심적 부담감은 여느 또래와 마찬가지였다.

남궁미인을 지키고자 하는 모용천에게 그녀의 마음까지 살펴볼 여유를 요구할 수는 없었다.

누구의 잘못도 아니다.

안타까운 일이었다.

거리는 조용했다. 객잔을 찾은 두 사람은 간단히 끼니만 챙기고 나왔다. 사천은 객잔에서 숙박을 할 만큼 녹록한 땅이 아니었다. 애당초 이 간양이란 도시에 들어온 것도 노숙에 필요한 것들, 식량 따위를 사기 위해서였다.

필요한 물품을 대강 구입하고 돌아가는 길에 남궁미인이 걸음을 멈췄다. 길 한가운데에서 장사를 하고 있는 점쟁이 앞이었다.

"어때요?"

남궁미인이 모용천을 돌아보며 물었다. 실로 오랜만에 들어보는 자신을 향한 목소리였다.

"…뭐가 말이오?"

반 박자 느린 대답이었다. 남궁미인은 개의치 않는 듯 말했다.

"점쟁이 앞에서 뭘 하겠어요? 점을 쳐보자는 거지."

"……."

"당신이 대답을 안 해주겠다니 점쟁이한테라도 물어보게요. 우리가 무슨 관계인지, 또 앞으로 어떻게 될지 말이에요."

"…마음대로 하시오."

달리 무슨 말을 할까. 모용천은 한숨을 쉬며 남궁미인의 옆으로 가 섰다. 염소수염을 한 점쟁이는 이제 마흔이나 됐을까. 점쟁이라는 직업군 내에서는 젊은 편에 속하는 사내였다.

"어서 오시오, 젊은 부부. 무슨 고민이 있어 이 선복자(選卜子)를 찾으셨소? 남편의 출세요, 아니면 아이의 문제요? 무엇이든 물어보면 길을 알려주리다."

선복자라며 거창한 이름을 뽐낸 점쟁이는 몇 가닥 나지도 않은 수염을 만지며 말했다. 젊은 부부라니, 처음부터 신뢰가 가지 않는 점쟁이다. 그러나 모용천이 뭐라 할 틈도 없이 남궁미인이 웃으며 말했다.

"부부라니, 선복자께는 우리가 부부처럼 보이나요?"

두 사람이 함께 겪었던 지난 한 달은 부부가 연을 맺고 침식을 같이한 몇 해와 맞먹는 밀도를 가지고 있었다. 바로 보기만 하면 모르겠지만, 누군가 이들이 부부 같다는 이야기를 꺼낸다면 들은 이 중 대부분은 옳다며 고개를 끄덕일 것이었다.

보통 사람보다 좀 더 눈이 밝고 통찰력있는 점쟁이의 눈에 이들이 부부로 비친 것은 이상할 게 없었다.

"에… 부부가 아니오?"

기실 부부가 아니면 함께 장을 보고 나올 이유도 없다. 선복자는 자신의 신기를 드러내어 손님을 끌기 위해 아주 당연한 말을 스치듯이 하였는데, 남궁미인의 되묻는 어조가 그게 아닌 듯하여 당황한 것이다.

"부부면 어떻고, 아니면 어떤가요? 부부가 아니면 점을 쳐줄 수 없나요?"

"아니오, 아니오. 쳐드리고말고."

선복자는 웃으며 죽간을 폈다. 종이가 아니라 대나무로 만든 책에는 글자가 **빽빽**해, 시끄러운 거리 가운데에서도 얼추 점치는 분위기를 살리고 있었다.

"자, 자… 무엇을 쳐드릴까? 먼저 생시가 어떻게 되시오?"

남궁미인이 먼저 말하고, 재촉에 못 이겨 모용천이 말했다.
"흐음… 어디 보자, 어디 봐. 이 한 쌍의 선남선녀들이 어떻게 가정을 꾸려 어떻게 살아갈지……."
"잠깐만요."
남궁미인이 끼어들었다. 선복자는 서죽 뽑던 손을 멈췄다.
"아직 뭐가 궁금하다 물어보지도 않았잖아요."
"그럼 뭐가 궁금하시오?"
오랜 여행으로 빛이 바래긴 하였으나 남궁미인은 여전히 아름다웠다. 이렇듯 점괘를 뽑는 중에 방해를 받으면 화를 내야 정상인데, 선복자 역시 남궁미인의 미모에 넋을 잃어 마주 웃는 것이다.
"보시면 알겠지만 우리는 여행자인데, 앞으로 얼마나 더 해야 할지 모르겠거든요. 여행이 얼마나 더 이어질지, 아니면 언제 끝나게 될지가 궁금한데… 그런 것도 점으로 알 수 있나요?"
"물론이고말고!"
선복자는 흔쾌히 답하고 다시 통을 흔들었다. 눈을 감고 무엇을 중얼거리던 선복자는 서죽을 뽑아 점괘를 내기 시작했다.
"흠, 흠… 으음……."
서죽. 말린 대나무 막대기를 늘어놓고 고심하는 선복자의 낯이 어두웠다.

"왜 그러시오?"

모용천이 물었다. 선복자는 눈을 감고 대답했다.

"별거 아니외다. 두 분의 여행은 곧 끝이 날 것이오."

"곧 끝이 난다고요?"

남궁미인이 물었다. 선복자는 눈을 뜨고 고개를 끄덕였다.

"그렇소만… 어떤 식으로 끝날지는 나도 모르오."

"흐응……."

남궁미인은 선복자를 따라 고개를 끄덕이고는, 바로 말했다.

"그럼 다른 걸 쳐주세요. 여기, 이 사람은 어떤가요? 앞으로 어떻게 될 것 같은가요?"

선복자는 눈을 가늘게 뜨고 모용천을 이리저리 뜯어보았다. 한마디 상의도 하지 않고 자신을 점쳐 달라는 남궁미인의 말이 어쩐지 가슴 아팠다.

"흠… 이런 상은 내 본 적이 없소."

"좋은 쪽으로, 아니면 나쁜 쪽으로?"

"전체적으로 고귀한 상인데, 유년 시절부터 하여 앞으로도 고생이 끝이 없겠구려. 이런 이야기는 해도 될지 모르겠으나……."

선복자는 말을 도중에 멈추고 남궁미인의 눈치를 살폈다.

"무슨 말인데 그러세요? 말씀하세요."

"하하, 하긴 영웅호색이라니, 별 흠 될 이야기는 아니오. 손님은 최근 수많은 여인에 둘러싸여 낭패를 본 일이 있지 않소?"

그러면서 선복자는 의미심장한 웃음을 날렸다. 남궁미인은 손뼉을 치며 감탄했다.

"맞아요! 정말 용하시군요!"

"사내라는 물건은 틈만 나면 한눈을 팔게 되어 있으니 단속 잘하시구려."

선복자도 장난스럽게 대꾸했다. 웃는 두 사람이 무색하도록 모용천은 웃지 않았는데, 현죽림에서의 기억이란 무척 기괴해 떠올리기만 해도 몸서리 쳐지는 것이었다.

"그리고 지금은… 으음……."

바닥에 깔린, 그리고 양손에 끼운 서죽을 보는 선복자의 얼굴이 묘했다. 오히려 모용천보다 남궁미인이 더 조바심을 냈다.

"왜 그래요? 뭐 좋지 않은 괘라도 나왔나요?"

"아니, 아니오. 손님, 선친께서 지병을 앓고 계시지 않소?"

선복자가 자신을 향해 말하자 모용천도 어쩔 수 없이 대답했다.

"병석에 누운 지 오래시오."

"그렇군, 그래서인가……."

"그래서긴 뭘 그래서야? 태(泰)괘가 나왔으면 뻔하지."

홀로 중얼거리는 선복자, 그를 바라보는 모용천과 남궁미인의 뒤에서 카랑카랑한 목소리가 튀어나왔다. 모용천이 돌아보니 낡은 수레 위에서 뜻밖의 얼굴이 목을 길게 빼고 선복자의 책상을 내려다보는 게 아닌가?

노인과 비루먹은 말.

모용천이 반갑게 외쳤다.

"기 선배! 취명!"

* * *

이히히히힝!

취명의 우는 소리가 남다르다. 모용천을 기억하는지, 바라보는 눈빛에 정이 어려 있었다.

"그래그래, 잘 지냈냐? 나도 잘 지냈다."

모용천은 웃으며 취명의 갈기를 털어주었다. 기분이 좋은지 취명은 투레질을 했다.

투루루루루!

"꺄악!"

침이 사방으로 튀자 남궁미인이 기겁을 했다. 오랜 노상 생활로 비위도 꽤나 좋아졌다지만 귀하게 난 태는 그리 쉽게 벗지 못하는 법이다.

척!

모용천이 재빨리 소매를 펼쳐 남궁미인의 앞을 막았다. 소매는 취명의 침으로 흥건해졌다.

"괜찮소?"

질겁했지만 모용천의 대처가 빨라서 침은 한 방울도 튀지 않았다. 남궁미인은 조심스레 눈을 뜨며 말했다.

"미안해요. 세가에서도 말은 많이 봤는데… 이 말은 생긴 게 너무……."

남궁미인은 아차 하는 얼굴로 말을 멈췄다. 그러나 그 뒤에 무슨 말이 올지 짐작하지 못할 이는 없었다. 늙고 비루먹은 말이다. 듬성듬성한 털은 언제 빗겨보기나 했을까 싶을 만큼 엉켜 있었다. 이런 말의 침은 절대 맞지 말아야겠다는 생각이 절로 들 정도다.

"뭘 멈추고 그래? 몹쓸 병에 걸린 것처럼 안 보여? 한 방울이라도 맞으면 골로 가기 딱 좋겠구먼. 미안해할 필요 없다네. 껄껄껄!"

수레 위에서 기명자가 껄껄 웃었다. 남궁미인은 민망함에 얼굴을 붉혔다.

"죄송합니다."

이히히히힝!

취명의 우는 소리가 아까와 또 다르다. 지금 그 말, 굉장히 기분 나쁘다는, 딱 그런 얼굴이다. 놀란 남궁미인이 눈을 크게 뜨고 취명을 돌아봤다.

모용천이 취명을 대신해 말했다.

"사과는 취명에게 해야 하오. 이래 보여도 사람 말은 다 알아들으니까."

"어머, 그게 진짜예요? 너 정말 말을 알아듣니?"

취명은 대답 대신 고개를 돌려 남궁미인을 외면했다. 훌륭한 대답이었다.

"어머머……."

남궁미인의 관심이 온통 취명에게 쏠린 사이, 모용천은 포권의 예를 취하며 인사했다.

"정말 오랜만입니다. 잘 지내셨습니까?"

"크크큭!"

기명자는 대답하는 대신 웃어 보였다. 누가 들어도 절로 화가 날 만큼 기분 나쁜 웃음소리였다. 그러나 모용천은 화를 내지 않았다. 대신 기명자의 입이 열리기를 기다렸다.

과연 웃는 것도 잠시, 기명자의 입이 열렸다.

"그 보라구. 내 뭐랬나? 하여튼 내 말 무시하고 잘된 놈을 못 봤다니까?"

"제가 뭘 무시했다고 그러십니까?"

모용천이 눈살을 찌푸리며 반문하자 기명자는 어이없다는 듯 두 팔을 벌렸다.

"이 친구야! 젊은 사람이 그래, 벌써 치매가 왔어? 내가 그때 뭐랬어? 그게 고생문이라고 했어, 안 했어?"

"……."

잊고 있었던 기억이다.

기명자는 신창권문의 문 아닌 문을 가리켜 고생문이라고 했었다. 저 문으로 들어가면, 권왕의 비무대회에 참가하면 앞으로 십 년이 피곤할 거라는 예언인지 뭔지와 함께 말이다.

기명자뿐이 아니다. 서해영 역시 모용천에게 비무대회에 참가하지 말 것을 권했었다. 기명자에 비하면 좀 더 적극적으로, 수심미혼단이라는 듣도 보도 못한 약까지 먹여가며 모용천을 비무대회에 참가하지 못하도록 했던 것이다.

이유야 어찌 되었든 한목소리를 내는 두 사람을 무시하고, 모용천은 스스로 문 아닌 문을 통과해 비무대회에 출전했다. 어찌 보면 그것이야말로 모든 일의 시작인지도 몰랐다.

모용천은 잠시 할 말을 잃고 기명자를 바라봤다. 처음 볼 때나 일 년이 지나 본 지금이나, 기명자는 여전히 현기라고는 찾아볼 수 없는 얼굴로 웃고 있다.

"아하하하! 너 정말 대단하구나? 취명? 취명이라고 했니?"

남궁미인은 어느새 취명과 친해져 갈기를 쓰다듬으며 웃고 있었다. 취명도 그리 싫지는 않은 눈치인지 간혹 고개를 빼면서도 남궁미인이 하는 대로 내버려 두고 있었다.

취명의 혓바닥을 피하며 자지러지게 웃는 남궁미인은 길가에 핀 들꽃인 양 청순했다. 한 줌의 걱정도, 근심도 없이 해맑은 미소는 현죽림 이후 처음 보는 모습이었다.

아니다.

그것이 아니다.

모용천에게 남궁미인은 세상 누구보다 화려한 이름이었다. 그녀에게 이름 모를 들꽃은 어울리지 않았다. 정원에서 소중히, 사랑을 듬뿍 먹으며 자란 장미. 그녀는 장미여야 했다. 타고난 총기를 숨기지 않으며 하고 싶은 말은 거침없이 하는, 그런 사람이어야 했다.

장미에서 들꽃으로.

남궁미인을 변화시킨 것은 다름 아닌 모용천 자신이었다.

모용천이 그날 신창권문의 문 아닌 문으로 들어가지 않았더라면. 그래서 영웅연을 망치려는 마왕의 계획을 방해하지 않았더라면. 그래서 권왕의 명예가 땅에 떨어지고, 정파 무림맹이라는 단체가 세워지지 않았더라면. 모용천이 그에 가담하여 혁혁한 공을 세우고, 정파 무림맹의 명분과 성장에 직접적인 도움을 주지 않았더라면. 그리하여 권왕과 정파 무림맹에 압박받은 남궁세가가 가주의 딸을 주면서까지 호북양가의 힘을 필요로 하지 않았더라면…….

인생은 언제나 선택의 연속이다. 그리고 선택의 시점에서 돋아난 무수히 많은 가지들은 돌아갈 수 없는 길이 되어 인간을 괴롭힌다. 누구나 지금보다 나은 삶을 원하고, 지금으로 오게 만들었던 선택의 순간을 원망하며 살아간다.

모용천의 고민과 후회도 다르지 않았다.

모용천은 다시 기명자에게 눈을 돌렸다. 기명자의 실없는 태도와 언행은, 물론 본래 그럴 수도 있겠으나 대부분은 위악이며 가식이었다. 기명자의 경고가 꼭 이런 상황을 예견한 것은 아니었지만, 그에게 보통 사람보다 높은 식견과 깊은 통찰력이 있느냐 하면 모용천은 무조건 고개를 끄덕일 거라 생각했다.

그때, 한동안 눈길을 받지 못했던 선복자가 자리에서 일어났다.

"이것 보시오, 여기는 엄연히 내 구역인데 왜 끼어들어 훼방을 놓는 거요?"

모용천은 기명자의 출현에, 남궁미인은 취명에 푹 빠져 선복자를 까맣게 잊어버린 것이다. 기명자가 대답했다.

"훼방이니 구역이니 운운하기 전에 자신부터 돌아봐야 하지 않나? 내 보기에 자네는 아직도 한참 멀었는데, 겨우 그 정도 공부로 속세에 내려와 천기를 누설한다는 게 나는 영 거시기하구만."

"뭐? 이 늙은이가 어디서……!"

선복자가 얼굴을 붉히며 발끈하는데, 길 저편이 소란스러워졌다. 모용천과 남궁미인은 동시에 같은 생각을 하며 서로를 마주 보고 함께 고개를 돌렸다. 과연 불길한 예감은 언제나 적중하게 마련이라, 따돌렸다고 생각했던 무사들이 어떻게 알고 자신들을 향해 뛰고 있었다.

"무, 무슨 일이오?"

모용천은 놀라 더듬거리는 선복자를 외면하고 남궁미인에게 말했다.

"어서 타시오."

"예?"

"기 선배! 이분을 태우고 먼저 간양을 빠져나가 주십시오. 부탁입니다."

"선배? 선배라……!"

선배라는 말이 어색한지 기명자는 몇 번이나 중얼거렸다. 어색한 것은 선배라는 말이 아니라 발화자 쪽이겠으나, 어쨌든 지금 중요한 건 아니었다.

"여자를 태우란 말인가?"

"왜 그러십니까? 무슨 금제라도 걸어놓으신 겁니까?"

"아니, 그런 건 아닌데 말이야. 취명, 이놈이 얼마나 웃긴지 여자만 태웠다 하면 아주 죽어라고 뛰어서 그게 더 걱정일세."

"그런 거면 문제될 게 없지요."

모용천은 재빨리 말하고 손에 든 것을 수레에 실었다.

"일단 이걸 타시오. 취명이 보기보다 빠르니, 웬만해서는 잡히지 않을 거요."

그리고 위급한 상황이면 기명자가 내 대신 나서줄 거다. 모용천은 굳이 다음 말을 하지 않았다.

"당신은 어쩔 거죠?"

수레에 오르면서 남궁미인이 물었다. 모용천은 애써 웃으며 대답했다.

"저들을 막고 금방 뒤따라가겠소. 너무 걱정 마시오."

모용천은 걱정하는 남궁미인에게 웃어 보이고 다시 기명자를 바라봤다. 기명자는 뭐가 그렇게 재미있는지 싱글벙글이었다.

"부탁드립니다."

"그거야 뭐… 참, 아까 나온 태괘가 무슨 뜻일지 궁금하지 않나?"

"글쎄요? 글자만 보면 좋은 뜻 아닙니까?"

"사람하고는. 크크, 태괘의 형상은 하늘[≡]이 땅[≡≡] 아래 있다네. 물론 좋은 의미도 많고, 좋은 괘로 해석할 때도 많지. 하지만 자네에게는 썩 좋지 않은 소식일 것 같아 끼어든 걸세."

"지금보다 더 나빠질 수는 없지 않겠습니까?"

"글쎄… 어쨌든 잘 생각해 보라구. 하늘은 곧 아버지이니, 그 하늘이 땅 밑에 있다는 게 무슨 뜻일지 말이지."

"저기다! 놓치지 마라!"

"수레를 부숴라! 퇴로를 막아라!"

세 방향에서 달려오는 자들이 다 해서 백 명은 족히 넘을 기세였다. 모용천은 기명자의 말을 더 생각하지 않고, 취명의 갈기를 쓸며 속삭였다.

"부탁한다."

이히히히힝!

취명의 대답은 제 주인보다 훨씬 간결하고, 모용천의 마음에 들었다. 일단 맡기면 나는 다 할 수 있어. 비루먹고 앙상한 말 주제에 할 수 있는 말인지(물론 정말로 말을 한다는 건 아니었지만)!

"이랴!"

가벼운 기합 소리와 함께 기명자가 고삐를 흔들었다. 취명이 한 번 길게 울고 수레를 끌었다. 덜렁거리지만 용하게도 붙어 있는 수레바퀴가 돌아가기 시작했다.

"혀 깨물지 않게 조심하라는 말을 안 해줬군."

모용천은 중얼거리며 검을 뽑았다. 대체 어느 골목에서 쏟아져 나온 건지, 수많은 이들이 모용천을 포위하고 섰다. 이제는 단순히 인정받고자 하는 자들보다 개인적 원한으로 찾아온 사람이라는 편이 많을 것이다.

모용천은 이미 사천 땅에서도 수많은 살육을 하였으니, 이 중에서만도 절반 정도가 원한 서린 눈을 하고 있는 것이 무리는 아니다.

"쳐라!"

누가 먼저랄 것도 없이 사람들은 일제히 모용천을 향해 달려들었다. 모용천은 속으로 미안해하며 미처 챙겨가지 못한 선복자의 좌판을 발로 차 날렸다.

퍼퍽!

날아간 좌판이 한쪽 방향에서 달려들던 이들의 기세를 누그러뜨렸다. 동시에 사라진 모용천의 신형!

사라진 모용천이 다시 나타난 것은 달려들던 이들의 한가운데였다. 검은 빛을 발하고, 빛은 피를 불렀다.

"이럇!"

콰콰콰콰콱!

고삐 쥔 기명자의 입이 바쁘고, 그보다 취명의 다리가 바쁘다. 수레는 빠르게 간양을 빠져나가 바퀴가 빠져라 달리고 있었다. 남궁미인은 입을 꽉 다물고, 생각지도 못한 속도에 놀라며 기명자의 등을 바라볼 뿐이었다.

쫓아오는 이는 없었다. 그러나 기명자는 취명을 쉽게 놔두지 않았고, 간양의 성문은 금세 점이 되어 사라졌다. 그러고도 속력이 줄지 않자 남궁미인은 절로 걱정이 되었다.

모용천과 너무 멀리 떨어진 게 아닌지, 그는 나중에 무슨 수로 나를 찾으려는 건지.

혹시 이대로 자신과 떨어지려는 건 아닌지.

남궁미인은 덜컥 겁이 났다. 여기까지 함께 오면서 아무리 힘든 상황에서도 자신을 놓지 않았던 모용천이었다. 기명자라고 했던가? 처음 들어보는 노인에게 자신을 맡기고 뒤를 막겠다고 나선 게 도무지 이해할 수 없었던 것이다.

"저기요!"

바람이 세고, 바퀴 구르는 소리가 컸다. 남궁미인도 질세라 크게 소리쳤지만 들리지 않는지 기명자는 대답도 안 하는 것이었다. 남궁미인은 다시 한 번 마음먹고 큰 소리를 냈다.

"저기요!"

그제야 기명자는 힐끗, 고개를 돌렸다. 옳지, 남궁미인은 손을 오므려 입가에 대고 외쳤다.

"저 사람과 무슨! 약조라도 하신 건가 해서요! 나중에 어떻게 찾을지, 표식이라든가 신호라든가! 예? 듣고 있어요?"

기명자가 돌아보긴 했으나 남궁미인에게 눈길을 준 것은 아니었다. 답답해진 남궁미인이 끝내 크게 소리쳤다.

"……."

기명자가 입을 열었다.

콰콰콰콰콱!

그러나 바퀴 구르는 소리에 먹혀 들리지 않았다. 혼잣말일까? 남궁미인이 소리쳤다.

"뭐라고 하셨어요! 안 들려요!"

"…가시게 됐군."

외치면서 동시에 귀를 세우자 기명자의 중얼거림 일부가 들렸다. …가시게 되었다? 성가시게 되었다?

자신을 두고 하는 말인가 싶은 남궁미인이 화를 내려는 순간, 기명자가 몸을 완전히 돌렸다. 고삐까지 놓아버리고 말이다!

"뭐 하는 거예요!"

아무리 취명이 사람 말을 알아듣는 영물이라지만 이런 속도로 수레를 끄는 말의 고삐를 놓아버리다니!

그러나 놀랄 틈도 없었다. 기명자는 거침없이 남궁미인의 허리를 팔로 감고, 수레에서 뛰어내렸다.

"……!"

허공에 몸이 뜨고야 놀란 남궁미인의 귓가에, 기명자가 웃으며 말했다.

"낭자 때문에 성가시게 되었다고 말이야."

무슨 말인지 모르는 남궁미인의 눈앞에, 역시나 알 수 없는 일이 벌어졌다.

서걱!

빛이 번쩍이더니 달리는 수레가 반으로 갈라진 것이다. 그 사이 몇 장을 더 나아간 수레는 속도를 이기지 못하고 종잇장처럼 구겨졌다.

콰지직!

취명도 미처 멈추지 못하고 넘어져 바닥을 굴렀다. 마차의 잔해와 흙먼지가 피어올라 취명의 모습이 보이지 않았다.

"......"

그 흙먼지와 남궁미인의 사이에 한 장년인이 서 있었다. 죽립을 눌러쓰고, 한 손에는 평범한 청강검을 든 사내.

그러나 죽립도, 평범한 청강검도 감출 수 없는 것이 있다.

단 하나, 무엇으로도 바꿀 수 없고 간섭할 수 없는 피의 이끌림. 혈육을 알아보는 당연한 능력이다.

성가시다는 기명자의 말은 이를 두고 한 말이었으리라.

장년인은 조용히 죽립을 들춰 얼굴을 드러냈다. 그 또한 남궁미인의 얼굴을 똑바로 보고 싶었을까? 드러낸 눈은 곧장 남궁미인을 향했다.
 남궁미인은 고개를 숙이며 말했다.
 "오랜만에 뵙습니다. 기체후 일향 만강하시었습니까?"
 그리고 이어지는 한마디.
 "…아버님."
 수레를 부수고 선 자, 죽립 아래에서 나온 얼굴은 바로 검왕 남궁익이었다.

* * *

 모용천은 과거 기명자와 함께 다니며 특유의 표식을 감별하는 법을 배운 적이 있었다. 피에 젖은 몸으로 관병까지 따돌려가며 간양을 빠져나온 모용천은 기명자가 남긴 표식을 따라 걷고 또 걸었다.
 이제는 직접 나설 때가 되었다고 생각한 건지, 간양에서 만난 추적자들 틈에는 이질적인 사내가 끼어 있었다. 홀로 독공을 펼치던 자였다.
 '사천당가에서 직접 사람을 보낸 건가?'
 자신의 검에 쓰러진 그 사내가 모용천의 생각대로 사천당가의 사람이라면 이러고 있을 게 아니다. 이전처럼 싸움을 걸어오는 일이라면 상관이 없지만 용독에는 고수도, 장사도 없는 것이다.

 모용천 혼자라면 몰라도 남궁미인까지 독으로부터 지켜낼 자신이 없었다.

 '최대한 빨리 사천 땅을 떠야겠군.'

 사천 땅을 뜬다면 어디로 가야 하나? 뒤이은 물음이 모용천을 곤혹스럽게 했다.

 정파 무림맹과 남궁세가로부터 멀어지고자 서쪽으로 향했는데, 막상 중원의 끝에 와서도 갈 곳이 없으니 이를 어쩌면 좋을까. 사천도 벗어난 서쪽, 중원을 벗어나 서장으로? 아니면 방향을 틀어 북쪽으로? 몽고의 초원으로?

 어느 쪽이든 쉽지 않은 이야기다.

 예까지 오는 길도 남궁미인에게는 고역이었다. 그나마 말이 통하는 중원이라고 어떻게 견뎌냈다지만 그 이후까지 버텨낼 수 있을지는 자신이 서지 않았다.

 물론 보다 근본적으로 '어디까지' 가야 하는지, '언제까지' 버텨야 하는지 알 수 없다는 문제가 앞섰지만.

 이래저래 복잡한 심경이었다. 모용천은 꽉 들어찬 머릿속을 이고 걸음을 옮겼다.

 표식을 더듬어 다시 남궁미인을 만났을 때에는 해가 다 저문 뒤였다. 남궁미인은 길옆에 덩그러니 놓인 객잔에 들어가 있었다.

객잔은 비어 있었다.

오래전에 망했는지, 탁자며 의자 등 쓸 만한 집기는 하나도 없었다. 바닥에 쌓인 먼지는 층을 이루었고 모서리나 귀퉁이마다 거미줄이 쳐져 있었다.

"이제 오셨어요?"

덜컹거리는 문을 열고 모용천이 들어오자 남궁미인이 자리에서 일어났다. 모용천은 주변을 둘러본 후 물었다.

"기 선배는 어디 가셨소?"

"그분은 저를 여기 내려다주고 먼저 가셨어요."

원체 바람 같은 사람이다. 주인이나 말이나, 한곳에 오래 머무르지 못하는 성정을 지녔으니.

그래도 인사나 한마디 주고 갈 수는 없었는지, 모용천은 괜히 야속한 기분이 들었다.

"……"

아쉬운 마음에 가만히 서 있는 모용천에게 남궁미인이 다가왔다. 남궁미인은 모용천의 손을 잡고 끌었다.

"여기는 먼지 구덩이이니 좋을 게 없어요. 이리 오세요."

이리 오라는 남궁미인의 목소리가 살짝 떨리는 것 같았다. 먼저 잡은 그녀의 손에서는 분명한 떨림이 전해졌다.

손을 잡힌 모용천의 피도 더워졌다.

이제 일상이 되어버린 추격대, 척살대와의 싸움을 마치고 돌아온 모용천이었다. 먼저 떠났다는 기명자에 대한 아쉬움으로 차갑게 식은 피가 대번에 뜨거워진 것이다.

남궁미인의 손에 이끌려 올라간 곳은 이층이었다.

버려진 객실들 중 하나가 그나마 말끔히 치워져 있었다. 침구류는 없었으나 벽에 붙은 침상이 남아 있었다.

"혼자 치운 거요?"

모용천이 놀라 물었다. 남궁미인은 자랑스런 얼굴로 두 소매를 걷어 보이며 대답했다.

"그럼 내가 치우지, 누가 있다고 대신 치워줬겠어요?"

"……"

몇 시진 전까지만 하더라도 말 한마디 걸지 않았던 남궁미인이다. 그사이 무슨 일이 있었는지 이렇게 싹싹해졌는지 의아스러울 정도였다.

놀라운 일은 또 있었다.

간양에서 샀던 먹을거리들이 차려져 있는 것이다.

한 달이 넘는 여정. 그 속에서 잘 곳을 찾아 잠자리를 만들고 끼니를 해결하는 것은 모두 모용천의 차지였다. 비록 불을 피워서 만든 요리는 하나도 없었고, 건량 위주의 단출한 식사였지만 남궁미인이 직접 차렸다는 것만으로도 놀라운 일이었다.

"피곤하죠? 차린 건 없지만 많이 들어요."

침구 없는 침상 위를 식탁 삼아 차려진 저녁상이다.

이 초라한 상을 남궁미인이 무슨 마음으로 차렸을까, 모용천은 가슴 뭉클한 한편 다른 생각을 했다.

"……."

"왜 그래요? 어디 다치기라도 한 거예요?"

한참 말없이 식탁을 내려다보는 모용천이 걱정되었는지 남궁미인이 물었다. 모용천은 힘겹게 입을 열었다.

"누가… 누가 이런 걸 하라고 했소?"

"예?"

"누가 당신더러 청소를 하고 밥상을 차리라고 했느냔 말이오. 적어도 나는 그런 적이 없는데, 대체 누구요? 기 선배가 시켰소?"

"무슨 소릴 하는 거예요? 나밖에 없는 거 안 보여요? 당연히 내가 스스로 하겠다고 한 거죠."

자랑스레 이야기하는 남궁미인의 얼굴이.

해맑게 웃고 있는 아름다운 남궁미인이, 모용천의 안에서 팽팽히 잡아당겨져 있던 실을 잘랐다. 귓가에 난 소리처럼 툭, 하는 소리가 머릿속을 가득 채웠다.

모용천이 소리쳤다.

"그러니까!"

깜짝 놀란 남궁미인의 얼굴에 웃음기가 사라졌다. 모용천은 그녀를 대함에 있어 항상 조심하였고, 또 조심하였다. 이렇게 소리를 친 적이 없었던 것이다.

놀란 남궁미인을 보고 아차 싶었는지, 조금 누그러진 목소리가 이어졌다.

"그러니까… 누가 이런 짓을 하라고 했느냔 말이오. 아무도 하지 않았으면 그냥 가만히 있어야지, 왜 이런 쓸데없는 짓을 했냐고 물은 거요."

"쓸데없는 짓이라고요?"

남궁미인이 얼굴을 붉히며 물었다.

"그렇소. 쓸데없는 짓. 내가 어련히 돌아와서 다 할 텐데 뭐 하러……"

모용천은 자신이 왜 이런 말을 하는지, 스스로도 이해할 수 없었다. 사실 객실에 들어올 때만 해도 기분이 나쁘지 않았다. 아니, 오히려 좋은 편이었다.

현죽림을 빠져나온 이래 줄곧 거리를 두던 남궁미인이 먼저 다가와 주었고, 깨끗이 청소된 객실은 노숙을 면하게 됐다는 안도감이 앞섰다.

그러나 왜일까? 변변한 요리 하나 없는 식탁을 차리고 뿌듯해하는 남궁미인을 본 순간, 참을 수 없는 짜증이 끓어오른 것이다. 그 웃음이 너무나 아름다워서, 그 마음이 너무나 예뻐서 화가 나는 것이었다.
 바로 모용천 자신에게 말이다.
 "당신은 언제까지 그럴 거죠?"
 남궁미인이 말했다.
 "뭘 말이오?"
 모용천이 대답했다. 남궁미인은 즉각 대답하지 않고 모용천의 눈을 응시했다. 모용천의 눈은 피곤하였고, 남궁미인의 눈에는 눈물이 차오르고 있었다.
 "언제까지 그렇게… 나를 양 부인이라 부르고, 모든 걸 챙겨주려 하냐는 말이에요. 왜 이런 간단한 일도 내게 맡기지 않는 거죠? 언제까지 나를 남궁세가의 금지옥엽으로 대할 거냔 말이에요."
 "……."
 "언제까지 나를… 다른 사람의 부인으로 여기려는 거죠?"
 물끄러미 바라보는 눈이 흐렸다. 남궁미인은 더러운 소매로 눈가를 닦았다.
 "그런 적 없소."
 모용천이 말했다. 남궁미인이 소리쳤다.
 "거짓말!"
 모용천은 고개를 흔들었다.
 "정말이오."

거짓말이다. 그러나 진실을 말할 수가 없었다. 모용천은 답답한 가슴으로 정말이라는 거짓을 반복했다.
"정말이오."
"……."
남궁미인은 가만히 모용천을 바라봤다. 고인 눈물이, 흘러내리도록 몸집을 불리고 있었다.

바라만 봐도 눈물이 나는 사람.

자신을 구하기 위해 모용천이 무엇을 버려야 했는지, 남궁미인은 너무나 잘 알고 있었다. 자신을 위해 해온 많은 일들을, 남궁미인은 똑똑히 지켜봐 왔다.
지금 모용천의 입에서 되풀이되고 있는 정말이라는 말이 사실은 거짓임을 남궁미인은 알고 있었다. 사내란 족속은 참으로 여리고 약해 거짓으로 도망친다는 것도, 남궁미인은 알고 있었다.
그러나 아는 것만으로는 부족하다. 남궁미인이 알고 있다 하여 변하는 것은 아무것도 없다.
"이러려고……."
남궁미인이 조용히 입을 열었다. 고인 눈물이 흘러내리지 않도록, 조심 또 조심히.

"…나를 구한 건가요?"

아니다.

며칠이나 씻지 못한 얼굴로 길 위를 배회하라고 구한 것이 아니다.

황폐한 객잔에서 소꿉놀이나 하자고 구한 것이 아니다.

이렇게 초라한 모습으로 웃게 만들려고 당신을 구한 것이 아니다!

"……."

목구멍까지 올라온 말을 모용천은 결국 내뱉지 못했다. 남궁미인을 볼 때마다 느끼는 초라함, 무능력함을 어찌 그녀에게 드러낼 수 있단 말인가!

모용천이 남궁미인을 구했던 것은 말 그대로 충동이었다. 향후 계획도, 준비도, 희망도 없이 그저 눈앞의 죽음을 두고 볼 수 없었을 뿐이다.

"소리쳐서 미안하오."

간신히 꺼낸 말이었다.

"끼니는 생각이 없소. 아래에서 바깥을 살피고 있을 테니 일찍 자두시오."

짧게 말하고, 모용천은 도망치듯 방을 나왔다.

"……."

남궁미인은 말없이 앉아 자신이 차린 음식을 집었다. 말린

고기 한 점, 야채 한 조각 흘릴까 조심스러운 젓가락질이었다.

목이 메어도 아랑곳하지 않고 집어넣는 남궁미인 홀로 방을 채우고 있었다.

모용천과 남궁미인이 언쟁을 벌이고 있던 무렵, 멀지 않은 곳에서는 실제 싸움이 벌어지고 있었다. 뉘엿뉘엿, 저무는 해는 싸우는 두 사람보다 그들의 긴 그림자를 더욱 극적으로 비추고 있었다.
　쉐에에엑!
　손날이 칼처럼 무서운 소리를 낸다. 그러나 소리보다 더 무서운 것은 그 손날을 감싸는 푸른 기운이었다.
　펄쩍! 제 주인을 따라 그림자도 뒤로 뛴다. 땅 위에 긴 줄로 그려지는 장창이 땅을 짚고 주인의 도약을 몇 배 더 도와

준다.

"……!"

그러나 푸른 손날의 주인은 장창의 물러남을 허용하지 않았다. 얼음장을 지치듯, 푸른 손날이 순식간에 몇 장을 미끄러져 파고들었다.

"헙!"

짧은 기합 소리와 함께 장창이 그리는 원이 줄어들었다. 벌린 거리가 순식간에 좁혀지자 장창을 쥔 손의 위치도 바뀐 것이다.

캉!

창끝과 손날이 부딪치자 금속성 소리가 났다. 푸른 기운에 휩싸인 손에는 상처 하나 없었다.

부웅!

짧게 쥐어 남은 창대의 뒤쪽이 주인의 허리를 감고 돌았다. 푸른 손날은 주인의 뒤를 위협하는 창대를 쳐냈다.

"……."

"……."

잠깐의 소강상태.

일반적인 싸움이라면 일어나기 힘든 시점이다. 그러나 서로 동시에 손을 거둔 것은, 두 사람 사이에 면면히 흐르는 무언가가 아직 남아 있다는 증거일 것이다.

절창 기소위와 도야객 이서곤.

한때 절친했던 두 사람이 서로를 죽일 듯 몇 합을 겨루고 물러나 서 있었다.

한참 서로의 눈을 들여다볼 뿐, 말이 없던 두 사람.

입 무겁기로 소문난 절창이 먼저 말을 꺼냈다.

"놀랍군."

피식.

도야객이 가늘게 웃었다. 그것이 이 절창이 할 수 있는 최고의 찬사임을, 역시 친구이기 때문에 아는 것이다.

"어때, 많이 늘었지?"

도야객은 그리 말하며 제 손을 바라봤다. 팔꿈치로부터 손끝까지, 장갑과 토시를 낀 것처럼 푸른 기운이 감싸며 빛나고 있었다. 일 년 만의 성취라기에는 스스로 생각해도 제법이다.

"벽운천강수?"

북해빙궁에서 모용천에게 들었던 이야기를 떠올려 절창이 물었다. 도야객은 고개를 끄덕였다.

"그래, 종남의 벽운천강수."

몇 권의 비급 중 모용천이 골라 준 것이 종남의 절기, 벽운천강수였다. 도야객은 그날 이후 조용한 곳에 틀어박혀 벽운천강수를 연마했다.

과연 모용천의 선택이 옳았다. 여러 권의 비급을 가지고 있었더라면 어느 하나에도 집중하지 못했을 것이다. 더구나 벽운천강수가 내포하고 있는 무리는 도야객의 기질뿐 아니라 본래 가지고 있던 무공과도 일맥상통하는 부분이 있었다.

보통 사람이 몇 년에 걸쳐 이루었을 성취를, 도야객은 단 일 년 만에 달성한 것이다.

본래 벽운천강수는 종남의 무공이지만 한동안 이 무공을 연마하는 제자가 종남 내에서도 없었다. 이는 문파를 관통하는 검을 숭상하는 기풍과, 또한 아무리 연마해도 늘어날 리 없이 몸에 붙은 팔을 통해서만 펼쳐진다는 약점이 부각된 결과였다.

그로 인한 실전(失傳).

스승으로부터 제자에게로, 이 흐름이 한 번이라도 끊긴 무공은 결국 죽은 무공이 되는 것이다. 그 죽은 벽운천강수를 변변한 스승 없이 비급 하나만으로 되살려냈으니, 도야객의 성취가 얼마나 놀라운 것인지는 굳이 말할 필요가 없었다.

"적절하군."

역시 절창이 할 수 있는 몇 안 되는 칭찬이다. 앞서 말한 검이나 기타 병장기에 비해 짧다는 벽운천강수의 약점을 도야객의 신법이 메워줌을 가리켜 하는 말이었다.

"흥!"

이 친구에게 칭찬을 받아본 게 처음이지 않은가. 도야객은 들뜬 마음을 다잡았다. 친구였지만, 이제는 적인 사내다.

현 무림에서 십왕에 가장 가깝다는 평가를 듣고 있는 자, 절창 기소위가 지금 쓰러뜨려야 할 적인 것이다.

스스슥—

잠시, 호흡이 사라진 순간 도야객의 몸이 다섯으로 늘어났다.

"쓸데없는 짓!"

절창이 가볍게 외치며 창을 크게 휘둘렀다. 다섯이든 열이든, 장창을 쓰는 그에게는 별 의미가 없는 수법이었다.

휘이익!

창날은 커다란 원을 그리며 다섯 명의 도야객을 지나쳤다. 도야객들이 차례로 사라지고, 마지막 다섯 번째 도야객도 창날을 통과시키며 사라졌다. 다섯 중 넷이 아니라 다섯 모두 허상이었던 것이다.

"……!"

실체없이, 마치 향이 스며들 듯.

도야객의 신형이 장창의 안쪽, 절창의 가슴팍에 나타났다.

스스로 은보여향(隱步如香)이라 이름 붙인 신법이다. 월공도야가 주로 제 몸을 지키기 위해 쓰인다면, 은보여향은 이렇듯 적을 상대하기 위한 수법이었다.

쉐에에엑!

푸른 기운이 더없이 강렬하게 일어났다. 절창의 가슴으로부터 겨우 일 촌, 가볍게 밀어 넣는 것만으로 승부가 끝난 것이다.

아니, 끝났다고 믿은 순간이었다.

"……!"

도야객의 두 눈이 커졌다. 언제 회수했는지 모를 창대가 절창과 도야객 사이를 가로막고 있었다. 아니, 오히려 벽운천강수를 일으킨 손날을 밀어내고 있었다.

"……!"

절창은 좋은 무기를 쓰는 법이 없었다. 어떤 신병이기(神兵異器)도 정신보다 날카로울 수 없으며, 오히려 정신을 무디게 한다는 것이 그의 지론이었다. 때문에 그의 손에는 항상 평범한 장창 한 자루뿐이었다.

지금 벽운천강수를 밀어내는 장창도 마찬가지로 흔하디흔한, 어느 대장간에서도 만들 수 있는 물건이었다. 창대를 나무로 만들었다는 뜻이다.

절창이 내력으로 보호한다지만 나무로 만든 창대가 벽운천강수와 부딪쳐 성할 리 없었다. 아니, 멀쩡해서는 안 됐다!

그러나 이는 도야객의 바람일 뿐.

아무리 힘주어 밀어도 절창의 창대는 단단히 제 주인을 지키고 있었다.

퍽!

도야객이 당황하는 틈을 놓치지 않고 절창의 발끝이 도야객의 관자놀이를 세게 찍었다.

"커억……."

도야객은 신음 소리를 내며 쓰러졌다. 절창은 쓰러지는 도야객을 붙잡아 바닥에 고이 내려놨다.

"미련한 친구……."

절창은 정신을 잃고 누운 도야객을 내려다보며 중얼거렸다. 천하에 누구도 마왕을 잡겠다고 나서는 자가 없거늘, 어찌 이런 때에 나서려 한단 말인가?

하지만 절창도 도야객의 심중을 모르는 바 아니었다. 아니, 오히려 너무나 잘 알기에 이렇게 도야객을 막을 수 있었던 것이다.

어차피 도야객이 홀로 제마성 안에 있는 마왕을 상대하려는 것은 불가능한 일이었다. 때문에 이렇게 돌발적인 상황, 마왕이 강호에 한 사람의 수행원만 데리고 나타났다는 기회를 놓칠 수 없었으리라. 벽운천강수의 성취가 어느 정도이든 도야객은 반드시 마왕을 치러 올 것이라고 절창은 믿어 의심치 않았다.

　도야객은 친구의 믿음을 배신하지 않았다. 저 무진총에 누워 있는 백파검을 구하기 위해, 또 백파검을 위해 마왕의 밑에 들어간 절창을 위해 홀로 마왕과 싸우고자 했던 것이다.

　벽운천강수의 성취가 생각보다 높았을 뿐, 그 외에 도야객의 행동은 모두 절창의 머릿속에 든 그대로였다.

　오랜 친구이기에 알 수 있는 습관, 생각하는 태도, 행동양식.

　"후우……."

　절창은 안도의 한숨을 쉬었다.

　그렇기 때문에, 모든 걸 알 정도로 깊은 친구였기 때문에 도야객을 구할 수 있었던 것이다.

　절창의 한숨 소리가 컸는지 도야객이 눈을 떴다. 큰 대자로 누운 도야객은 하늘을 보며 말했다.

　"어떻게 알았지?"

　짧은 질문. 그러나 절창은 도야객이 무엇을 묻는지 알 수 있었다. 오래 사귄 친구들 사이에서 말은 그저 생각을 촉진하는 수단에 불과하다.

　"내가 그러했을 테니."

　평소대로라면 대답조차 하지 않았을 절창이다. 간략하게나마 대답한 것은 도야객에 대한 부채감이 작용했으리라.

"……."

"……."

 두 사람은 한동안 말없이 하늘을 올려다봤다. 저녁 하늘은 은연히 붉어져 있었다. 지는 해를 보며 도야객이 물었다.

 "죽었겠지?"

 "물론."

 "하긴, 자네와의 거리도 좁혀지질 않았으니……."

 "……."

 "그래도 너무 쉽게 졌어. 내 지난 일 년은 대체 뭐였을까? 대답해 보게. 내가 익힌 벽운천강수가 마왕을 상대하는 데 있어 아무런 도움도 되지 않았을까?"

 "하나의 절기를 얻었다 하여 강해지는 단계는 아니지 않은가. 이전의 자네보다야 조금 더 까다로웠겠지만 변한 건 없을 걸세."

 안타까운 말이지만 도야객이 스스로 진단한 그대로였다.

 벽운천강수를 수련한 그의 일 년은 마왕과 싸워 이기고 무진총주의 주인 된 자리를 빼앗는 것에 아무런 도움도 되지 않았던 것이다.

 물론 도야객 개인의 무위는 좀 더 고강해졌지만 마왕의 경지는 그보다 까마득히 높은 곳에 위치해 있었다. 굳이 비유하자면 사람이 경공이나 신법을 수련하여 높이, 더 높이 뛰려 한들 하늘 위 새에 닿을 수는 없는 것과 같은 이치랄까.

도야객은 올려다보던 눈을 감았다.

아무리 하늘을 봐도, 닿을 수 없는 것을 알았기 때문이었다.

마천상야.

닿을 수 없는 마의 밤.

"난 이만 가야겠네."

절창이 일어섰다. 도야객도 따라 일어나려 했지만, 몸이 움직이질 않아 허리를 일으키지도 못했다. 절창의 발길질 한 번에 이 지경이 되었는데, 그마저도 사정을 두었을 터.

이래저래 짐작 가는 바가 많았다.

"젠장!"

끝내 일어나지 못하고 도야객은 바닥에 누웠다.

"반 시진이면 충분할 걸세. 호법을 서주지 못해 미안하군."

절창은 그렇게 말하고 몸을 돌렸다.

"어디 가는 거지?"

"글쎄… 잘 모르겠군. 내가 어디로 향하는지는 오직 그녀만이 알겠지. 나는 그저 따라갈 뿐이니까."

"…그녀?"

무슨 말인지 몰라 물었지만 절창은 대답하지 않았다.

등 돌린 친구의 뒷모습이 사라질 때까지, 도야객은 눈을 감지 않았다.

　　　　　＊　　　＊　　　＊

 해가 지고 완연한 밤이 찾아왔다.
 야트막한 절벽 위, 그곳에서도 한 사람이 겨우 서 있을 만한 바위 위에 한 사내가 있었다.
 죽립을 눌러쓴 사내, 검왕 남궁익이었다.
 남궁익은 고요히 서서 절벽 아래를 응시하고 있었다. 절벽 아래에는 사천의 황량한 땅과 구불구불한 길, 그리고 한 채의 낡은 객잔뿐이었다.
 제 주인도 버린 지 오래라 금방이라도 쓰러질 듯 위태로운 객잔이었다. 그러나 어찌 된 일일까, 사람의 온기가 느껴지는 것이었다.
 남궁익이 내려다보는 것은 바로 그 객잔이었다.
 얼마나 시간이 흘렀을까? 어깨 너머로 누군가 말을 걸어오지 않았더라면 영원히 객잔에서 눈을 떼지 않을지도 모를 지경이었다.
 "엉덩이 무겁기로 소문 난 분께서 어찌 먼 사천 땅까지 강림하셨소이까?"

조롱하듯 가벼운 목소리.

천하의 검왕에게 이런 식으로 말을 걸 수 있는 이는 몇 되지 않는다. 물론, 상대는 그런 몇 안 되는 이들 중 하나였다.

돌아본 남궁익의 눈앞에는 검은 옷을 입은 장년인이 서 있었다. 나이는 이제 오십이 되었을까? 자신감이 넘쳐흐르는 정력적인 눈빛의 소유자.

당금 천하에서 가장 독을 잘 쓴다는 사내.

사천당문의 문주, 독왕 당사윤이었다.

"엉덩이 무겁기로는 나보다 당 형이 더하지 않소. 장원에서도 한 발짝 나서지 않기로 유명하던데, 어떻게 이런 곳까지 올라오셨소?"

천천히 돌아본 남궁익이 대답했다.

당사윤은 짐짓 모르는 척을 하며 말했다.

"나도 오고 싶어서 온 건 아니오. 다만 저 아래 있는 모용천인가 하는 애송이한테 당문의 아이 하나가 살해당한 일이 있었소. 가주로서 좌시할 수 없는 일이지. 남궁 형도 이해할 거라 믿소."

남궁익은 눈살을 찌푸리며 말했다.

"천하의 독왕이 세가의 사람 하나 때문에 움직이다니, 놀라운 일이구려."

"옛 성현께서도 일일신우일신하라지 않았소? 하하핫!"

당사윤이 호탕하게 웃었다. 남궁익은 차갑게 대꾸했다.

"당 형의 입에서 성현의 말씀이 나오다니, 오늘 참 놀라운 일을 두 번이나 겪는군. 이래서 세상 오래 살고 볼 일이오."

"하하핫! 하하하핫!"

당사윤은 뭐가 그리 좋은지 연신 웃어댔다. 남궁익의 목소리가 더욱 싸늘해졌다.

"모용천을 어떻게 할 생각이라면 포기하시는 게 좋을 것이오. 저 녀석은 내가 처리할 것이니."

남궁익이 먼저 선언하자 당사윤도 웃음을 그쳤다. 웃음기 가신 당사윤의 얼굴은 얼음처럼 차가웠다.

"그건 안 될 말이지. 남궁 형이라도 사천 땅에 들어선 이상 멋대로 행동할 수는 없소. 잘 알고 있을 텐데?"

광오하지만, 당사윤의 말은 사실이었다. 구파 중 둘, 아미와 청성을 제외하면 사천 땅의 모든 무림인은 사천당문의 지배 아래 있다 해도 과언이 아닌 것이다. 아미와 청성은 본래 도가에 뿌리를 두고 있었으며 최근 몇 년간 이렇다 할 고수를 배출하지 못해 그 위세가 예전 같지 않았다.

더구나 사천당문의 문주가 누구인가? 당문이 낳은 불세출의 천재, 천하의 열 사람 중 하나로 꼽히는 당사윤이 아닌가!

당사윤의 대에 이르러 사천당문의 위세는 최고조에 달해 있었다. 당사윤은 사천무림의 지주이며 동시에 희망이었으니, 사천 땅의 무림인치고 언젠가 그가 십왕 중 최고의 자리에 오를 것을 의심하는 자가 없을 정도였다.

그런 당사윤이 이를 드러내었으니 보통은 대번에 꼬리를 내려야 정상이다. 그러나 남궁익이 누구인데 이런 협박에 굴할 것인가?

"헛소리! 설령 황궁일지라도 내가 해야 할 일이 있다면 할 것이오. 당 형이야말로 헛심 쓰지 마시고 사람들을 물리는 게 좋을 거요. 그게 서로에게 가장 좋은 길일 테니!"

남궁익은 단호히 거절했다.

당사윤은 그럴 줄 알았다는 듯 입가에 비릿한 미소를 띠며 말했다.

"남궁 형은 어째 자신의 생각만 할 줄 아시오? 이대로 물러나면 내 체면은 뭐가 되겠소?"

"모용천 같은 애송이를 상대하는 것이 오히려 더 당 형의 체면을 깎는 일이지 않겠소? 그래, 당 형의 체면을 세워줄 사람이 저기 있군. 체면은 저 사람에게나 가서 찾으시오."

남궁익은 손가락으로 당사윤의 건너편을 가리키며 말했다. 당사윤은 얼굴에 미소를 거두고 남궁익의 손가락을 따라 시선을 돌렸다.

검왕과 독왕, 두 사람의 시선이 향한 곳에 눈처럼 하얀 옷을 입은 장년인이 서 있었다.

어두운 밤이라서 더 돋보이는 백의.

탈속한 신선일까 싶을 만큼 청수한 장년인은, 그러나 그 속에 범접치 못할 어둠을 담고 있다. 바로 얼마 전까지 전설 속 마인의 행보를 되짚었다는 이, 마왕 황종류였다.

뜻밖의 일이었다.

남궁익과 당사윤은 서로를 의식하였고, 피차 한 번쯤 맞닥뜨려야 할 것을 예상했다. 남궁익이 애검 광천(廣天)을 두고 죽립을 눌러써 가며 정체를 숨겨왔다 해도 검왕의 행보가 어디 그리 쉽게 숨겨질 것인가?

그러나 황종류가 이 자리에 나타나리라고 예상한 자는 없었다. 물론 마왕의 행보가 사천 땅을 향하고 있음은 당사윤도 파악해 놓은 상태였지만, 이렇게 맞닥뜨릴 거라고는 생각하지 못했던 것이다.

뜻밖인 것은 황종류도 마찬가지였다.

오밤중에 이런 곳에서 검왕과 독왕을 만날 것이라고 어찌 예상이나 했겠는가?

호사가들에 의해 무림의 십왕이 정립된 이후, 그중 두 사람 이상이 한자리에 모인 것은 이때가 처음이었다. 하나 이 역사적인 순간을 목격한 자는 마왕을 수행한 아자할, 한 사람뿐이었으니 말하기를 좋아하는 이들에게는 참으로 통탄할 일이었다.

삼각형의 꼭짓점을 이루고 선 세 사람.

먼저 입을 뗀 것은 역시 당사윤이었다. 스스로 주인이며, 손님을 맞아야 한다는 생각이 앞선 것이다.

"이것참! 평소에 얼굴 한 번 보기 힘든 분들이 둘이나 사천 땅에 왕림해 주셨으니 이 당 모, 어찌 할 바를 모르겠구려."

"……"

황종류는 답하지 않고 차가운 눈으로 두 사람을 번갈아 봤다. 이들은 왜 이 시각, 이 자리에 있는 것인가?

"저 천리안의 담화문에 따르면 마왕께서는 지극히 개인적인 일을 처리하기 위해 나오셨다는데, 그 일이 혹시 저 밑에 있는 자와 관련이 있는 건 아니겠지요?"

당사윤이 먼저 시비를 걸었다. 얼음장같이 차가운 눈으로 황종류가 대답했다.

"그렇다면 어쩔 텐가?"

황종류의 대응도 날이 서 있었다. 당사윤도 그제야 눈을 치켜뜨며 말했다.

"헛걸음을 하신 게지. 사천 땅에 들어온 순간부터 놈은 내 것이오. 당문은 놈에게 한 목숨을 잃었으니 더더욱 그러하오!"

"나는 사냥감을 양보한 적이 없소."

두 사람이 겉치레나마 격식을 차려 말하고 있으나, 말하는 품새는 분명히 달랐다. 당사윤이 황종류를 대접하는 것과 달리 황종류는 자연스럽게 당사윤을 아랫사람처럼 대하고 있었다.

"오늘 처음으로 경험해 보는 것도 나쁘진 않을 거요."

"……."

쏴아아아아―

끝까지 당겨진 활줄처럼 두 사람의 기가 팽팽히 충돌했다. 언제부터인지도 모르게 발하여진 무형의 기운이 허공에서 부딪치고 있었다.

"두 분 다 그만두시오."

웬만한 사람은 뼈도 못 추릴 기의 충돌 속으로 남궁익이 한 걸음 들어섰다. 충돌하던 두 개의 기가 셋으로 재정립되고, 자연스레 팽팽하던 기세가 누그러들었다.

검왕 남궁익이 아니면 흉내도 못 낼 재주였다.

"흐음……."

"……."

황종류는 낮은 신음으로 감탄을 대신하고 당사윤은 얼굴을 굳혔다. 남궁익 또한 위험을 자처하였던 만큼 한 가닥 긴장을 숨기지 못하였으니, 세 사람은 한 합을 겨루지 않아도 새삼 서로의 실력을 확인한 것이다.

'뭐, 이런 자들이……!'

조금 떨어져 세 사람을 지켜보던 아자할은 속으로 경악을 금치 못했다. 셋 중 누구도 본신 무공을 펼치지 않았지만, 이렇게 바라보는 것만으로도 그들의 경지에 정신이 아득해질 지경이었다.

아자할 역시 절정고수다. 명성은 없지만 내로라하는 고수들에 비해 손색이 없다고 자부하고 있었다.

그러나 눈앞의 세 사람은 말 그대로 괴물이었다. 인간의 인식을 벗어난 영역에 달한 자들이었다. 황종류의 경지는 질릴 만큼 알고 있었지만, 검왕과 독왕마저 같은 부류일 줄은 상상도 못한 것이다.

'십왕이라는 이름이 헛것이 아니로구나!'

아자할은 이미 한 사람, 그들과 같은 이를 알고 있었다. 같은 배에서 난 자, 그러나 날 때부터 아자할과 다른 운명을 타고난 자. 자신과 달리, 저 세 사람과 같은 영역에 들어서 있는 자를 아자할은 알고 있었다.

이들과 어깨를 나란히 하며 능히 천하를 호령할 경지를 이루었으면서도 깊은 숲 속에서 나오지 않는 자를 말이다.

아자할은 잠시 상념을, 애증이 함께하는 이름을 젖혀두고 눈앞의 광경에 집중했다. 마, 검, 독, 세 사람의 왕이 한자리에 모여 있다니, 두 번 다시 보기 힘든 광경이었다.

"두 분 모두에게 기회 따위는 없소. 오늘은 조용히 물러나는 게 좋을 것이오."
 남궁익이 무겁게 입을 열었다.
 "뭐라?"
 "뭐요?"
 마왕과 독왕이 저마다 한마디씩을 던지며, 누그러들었던 기가 한층 더 크게 부풀어 올랐다. 아자할의 눈에는 각기 다른 색을 지닌 무형의 반원이 한정된 공간에서 부풀어 오르는 것처럼 보였다. 서로를 밀어내고자 애쓰지만 결국 누구도 뜻을 이루지 못하고 한없이 위로 치솟는 기의 반원들.
 척!
 어느새 뽑힌 청강검이 절벽 아래 객잔을 가리켰다. 뒤이은 남궁익의 목소리는 다소 격앙되어 있었다.
 "무엇이 옳고 무엇이 먼저인가? 원한이오, 아니면 개인적인 용무요? 그것도 아니라면 문중의 일이오?"
 남궁익의 말이 무슨 뜻인지 알 수 없었다. 황종류와 당사윤은 서로를 경계하며 무슨 말이 이어질지 기다렸다. 곧 남궁익의 말이 이어졌다.
 "지금 저 아래 있는 것은 내 딸과 사위요. 이는 지극히 내밀한 문중의 일이니, 외인은 간섭할 수 없소."

　　　　*　　　*　　　*

남궁미인을 홀로 두고 내려온 모용천은 어둠 속에 있었다.
어둠 속에서도 떠오르는 것은 남궁미인뿐이었다.
자책과 자학.
모용천의 마음은 이미 너덜너덜 엉망으로 해진 채였다.
남궁미인과 함께 있는 것만으로 행복한 날이 있었다. 아니, 분명 지금도 그 마음은 그대로다. 다만 초라해진 남궁미인은 그대로 모용천 자신을 투영하는 거울이었다. 그녀가 이 열악한 상황에 적응해 가면 갈수록 모용천은 괴로움에 몸부림쳐야 했다. 함께 있어 행복하고, 또 함께 있어 괴로운 이율배반적인 감정을 도무지 가눌 길이 없었던 것이다.
이미 오래전에 모용천은 한계에 달해 있었다. 이제껏 버텨온 것도 용할 정도였으니, 이제 와 터진 것이 오히려 다행일 수도 있었다. 그래, 그렇게 생각해야 옳았다.
그러나 어찌 그럴 수 있을까?
무엇 하나 해줄 수 없는 상황에서 오히려 화를 내다니.
"크으……."
모용천은 제 머리를 쥐어뜯었다. 그런 마음 하나 다스리지 못하다니! 스스로가 너무나 한심하고 못나 견딜 수가 없었다. 평생 받아보지 못한, 받을 일도 없을 상처였다.
뻐걱—

자책하는 모용천의 귀에 계단 소리가 들렸다. 곧이어 낡은 계단을 밟으며 내려오는 소리가 들렸다.

"거기서 혼자 뭘 하고 있죠?"

남궁미인의 목소리가, 어둠 속에서 들려왔다.

"…그냥 있었소."

모용천은 어둠 속에 숨어서 대답했다. 야속하게도 남궁미인은 모용천의 목소리가 들린 방향을 정확하게 알아차리고 걸어오는 것이었다.

"아까는 미안했어요."

목소리는 온기를 실을 만큼 가까웠다. 다가오는 남궁미인이 느껴졌다.

"미안한 것은 난데, 왜 그대가 미안해하는 거요?"

모용천이 물었다. 공기를 타고 소리없는 웃음이 전해졌다.

"글쎄요? 왜일까요? 나도 잘 모르겠네요."

좀 더 가까이.

다가오는 남궁미인에게 모용천이 말했다.

"그만, 그만 오시오."

"왜죠? 왜 오지 말라는 거죠?"

남궁미인은 멈춰 서 대답을 기다렸다. 모용천은 가만히 어둠 속에서 무슨 말을 해야 하는지 생각했다. 그러나 아무리 생각해도 할 말이 떠오르지 않았다.

할 수 있는 말은 진심뿐이었다.

"내가… 괴롭소."

어둠은 제 모습을 감추고 대신 마음을 드러내게 한다. 하지 말아야 할 말이라고 생각했건만, 모용천은 너무나 쉽게 진실을 말했다.

"……."

"……."

무엇을 생각하는지 남궁미인은 말이 없었다. 모용천은 더 할 말이 없기에 가만히 기다리기만 할 뿐이었다.

이윽고 남궁미인이 다시 입을 열었다.

"내가 당신을 괴롭게 하나요?"

"……."

침묵은 긍정이다. 어둠 속에서 모용천의 마음은 적나라하게 드러났다.

남궁미인의 목소리가 떨렸다.

"내가… 그렇게 보기 싫은가요?"

"아니오, 그런 게 아니오!"

비로소 모용천이 다시 입을 열었다. 다급하면서도 분명하게, 진심으로.

"그러면 왜죠? 왜 내가 당신을 괴롭게 하는 거죠?"

"후우."

깊은 한숨. 남궁미인은 모용천의 모습이 손에 잡힐 것 같았다. 보이지 않아도 볼 수 있었다.

"당신은… 언제나 나를 일깨우니까. 내가 얼마나 초라한 존재인지 말이오. 나는 당신에게 아무것도 해줄 게 없고, 약속할 것도 없다는 걸 항상 떠올리게 하니 말이오. 나는 당신을… 어떻게 해야 할지 모르겠소."

"……"

"결국 저들의 말이 다 옳았소. 권왕도, 검왕도, 왜 너도나도 본신 무공에 만족하지 않고 세를 불리려 하는지… 당신을 보니 알 것 같소."

모용천은 잠시 말을 멈췄다. 그러나 한 번 터져 나오는 마음은 쉬이 멈출 줄 몰랐다.

"나는… 나를 보는 게 괴롭소."

"미련한 사람."

남궁미인은 짧게 말하고 다시 걸음을 옮겼다. 다른 어둠의 경계가 그리는 윤곽. 무릎을 세우고 바닥에 앉은 모용천을 남궁미인은 가볍게 안았다.

"그런 생각은 말아요. 나는 태어나서 지금이 가장 행복해요."

얼굴에 와 닿은 봉긋한 가슴.

남궁미인은 모용천을 안고 말했다.

"살아 있으니까……."

보이지 않는 손에 끌리듯, 모용천도 남궁미인을 안았다.

"사위?"

당사윤이 남궁익의 말을 되풀이했다.

"그렇소. 모용천은 남궁세가의 사위이니, 외인이 간섭할 바 아니외다."

남궁익이 단호히 말했다. 당사윤은 얼굴을 일그러뜨리며 대꾸했다.

"해괴하군, 해괴해! 남궁 형의 여식은 호북양가의 며느리로 알고 있소만?"

"맞소."

"그렇다면 저 아래 있는 것은 다른 아이요? 남궁 형은 아들만 셋이 있고 딸은 하나인 줄 알았는데……?"

"당 형의 말대로 내 여식은 호북양가의 장남과 혼인하였소. 당 형은 그가 죽은 것도 알고 있을 것이오."

당사윤은 고개를 끄덕였다.

마왕의 출현을 제외하면 당금 무림을 가장 시끄럽게 한 사건이다. 덕분에 호북양가가 병사를 일으켜 무림과 충돌할 거라는 흉흉한 소문도 돌 정도였다. 정도무림의 신성, 모용천이 무애검이라는 영예로운 이름을 박탈당하고 대번에 색마로 전락하지 않았던가?

"그 아이, 이제 열아홉이오. 앞길 창창한 아이가 과부로 세월을 죽이는 걸 아비로서 어찌 보고만 있겠소? 개가(改嫁)가 그리 흠이란 말이오?"

남궁익의 언성이 높아졌다. 당사윤은 날카롭게 눈을 치켜뜨며 물었다.

"그래서 지금, 저 모용천이를 제 식구로 감싸겠다, 그 말이오?"

"마음대로 생각하시오."

"지금 그 말 그대로 강호에 퍼져도 상관없겠소? 남궁세가는 그 일로 인한 불명예를 감당할 각오가 된 것이오?"

"세가는 가주를 따라야지."

남궁익이 힘주어 말했다.

남궁익이 이렇게까지 나올 줄 몰랐으니, 당사윤은 얼굴을 찌푸리며 고개를 절레절레 흔들었다.

"미쳤군, 미쳤어."

"미친 줄 알았으면 곱게 돌아가시오. 미친 자는 상대하지 말아야 하는 법이니."

"……!"

당사윤은 다시 확인하듯 남궁익을 노려봤다. 남궁익은 당사윤의 시선을 의연히 받아넘겼다. 잠시 후, 당사윤은 두 손을 들며 항복 선언을 했다.

"알았소, 알았어! 사람들을 다 물리고 나도 돌아가도록 하지! 오늘 참 좋은 구경하는군!"

그러면서 당사윤이 한 손을 흔들자 소매에서 하나의 불이 피어올랐다.

휘익— 펑!

폭음은 거의 들리지 않았지만 검은 하늘에 불빛이 선명했다. 눈에는 보이지 않아도 이미 객잔을 포위했을 수많은 당문의 고수들이 불빛을 신호로 퇴각하고 있을 것이다.

어둠 속에서 물러나는 자들의 기운을 확인하고 남궁익은 고개를 돌렸다. 당사윤은 물러나겠다 선언했으나 황종류는 말이 없었다. 남궁익의 사정 따위, 신경도 쓰지 않는 눈치였다.

"황 형은 어쩔 것이오?"

남궁익의 질문에 황종류는 심드렁히 대답했다.

"뭘 어쩐단 말인가? 나는 분명히 말했소."

"끝까지 양보하지 못하겠단 말이오?"

"내가 왜 그대의 사정을 봐야 하는지 모르겠군. 분명히 말하는데, 나는 이 자리에서 모용천이라는 놈을 봐야겠소. 어떻게 할지는 차치하고, 어쨌든 놈의 생살여탈권은 나에게 있소. 이것은 변하지 않는 일이오."

황종류의 말이 오만하다. 앞에 있는 검왕과 독왕을 눈 아래 두지 않고서야 할 수 없는 말이었다.

꿈틀!

황종류의 오만한 말은 남궁익보다 당사윤을 자극했다. 항복을 선언하고 반걸음 물러서 있던 당사윤은 다시 한 걸음 내딛으며 말했다.

"정녕 오만하군, 오만해! 이 사천 땅에서 생살여탈권을 논하다니, 내가 보이지도 않소?"

당사윤의 몸에서 뿜어져 나오는 기가 흉험하기 짝이 없었다. 무형의 기운이 일으키는 바람이 남궁익의 머리를 날렸다.

"흥! 이 기회에 사람들이 말하는 십왕이 어떤 것인지 가늠해 보는 것도 괜찮겠지!"

스스로도 십왕의 한 사람이면서 황종류의 말이 더욱 오만했다. 더는 두고 볼 수 없어 남궁익도 검을 들고 나섰다.

"사람을 자극하지 마시오!"

검왕과 독왕이 한 사람을 상대하려 들다니, 상상할 수 없는 일이다. 직접 맞서야 하는 자의 심경이야 어떠하겠냐만, 황종류는 아무렇지도 않은 듯 오히려 여유롭게 웃는 것이었다.

"두 사람이 하나를 상대하겠다고? 과연 정파요, 오대세가로군! 부족함이 없어, 부족함이!"

우우우우우웅—

동시에 황종류의 몸에서 검은 기운이 뿜어져 나왔다. 골수에까지 마기가 뻗치도록 하는 검은 기운, 마천상야공이었다.

우우우우우웅—

동시에 남궁익의 몸에서도 검푸른 기운이, 당사윤의 몸에서는 자줏빛 기운이 뿜어져 나왔다.

파파파팍! 파파팍!

세 개의 각기 다른 기운이 충돌하며 허공에 수백, 수천 개의 불꽃이 일었다. 무형의 기운으로 대치하던 아까와는 비교도 할 수 없이 흉흉한 공기가 사방으로 퍼져 갔다.

일촉즉발.

당장 폭발해도 이상하지 않을 상황. 아자할 홀로 마른침을 삼키며 바라보던 중 두 개의 인영이 절벽 위로 모습을 드러냈다. 누가 먼저랄 것도 없이 남궁익과 당사윤 모두 속으로 하나의 이름을 외쳤다.

'절창……!'

십왕에 가장 가까운 사내, 절창 기소위의 명성은 두 사람도 익히 알고 있었다. 삼왕의 대치 형국에 끼어들어 능히 변수가 될 자다. 두 사람의 머릿속이 복잡해졌다.

그러나 막상 상황을 움직인 것은 절창이 아니었다. 누구도 신경 쓰지 않았던 소년, 절창과 함께 나타난 서해영이 입을 열었다.

"물러나세요."

서해영의 한마디 말에 놀랍게도 마왕이 마천상야공을 거두는 것이 아닌가? 남궁익과 당사윤도 따라 기를 거두어들이고 서해영을 바라봤다.

대체 누구이기에 마왕을 움직이는 것인가?

궁금한 시선을 뒤로 하고, 황종류가 말했다.

"무슨 바람이 분 거지? 일 년이나 남았다고 한 건 분명 너였을 텐데?"

황종류는 서해영이 자신을 얼마나 싫어하는지 잘 알고 있었다. 그런 그녀가 자발적으로, 그것도 만난 지 얼마 지나지 않아 또 찾아왔으니 놀라운 일이었다.

서해영이 말했다.

"그를 놓아줘요."

"뭐?"

서해영의 입에서 나온 말이 뜻밖이었는지 황종류는 의아한 표정을 지었다. 서해영은 다시, 또박또박 힘주어 말했다.

"그를 놓아달라고 했어요. 모용천, 그 사람을 쫓지 마세요."

황종류는 얼굴을 찌푸렸다. 서해영의 입에서까지 모용천의 이름이 나올 줄은 생각하지 못했던 것이다.

"내가 지금 제대로 들은 게 맞나?"

"맞을 거예요. 당신처럼 나도 제정신이 아니니까. 제정신이 아닌 자들끼리라면 말이 통할 테죠. 제발, 부탁이에요."

서해영의 말은 조롱인 듯 간절한 듯 알 수 없었다. 둘 중 아무것도 아닐 수도 있었고, 둘 다일 수도 있었다.

"허어……."

이해할 수 없는 말, 이해할 수 없는 행동, 이해할 수 없는 상황. 서해영이라는 존재는 언제나 그랬듯 황종류의 이해 밖에 있었다.

황종류는 웃으며 물었다.

"그러면?"

그러면 너는 무엇을 하겠느냐, 굳이 하지 않아도 알 말이다. 서해영은 바로 대답하지 않고 손을 머리에 댔다.

사르륵―

끈이 풀리고 틀어 올린 머리칼이 풍성히 흘러내리며 서해영은 소녀가 되었다. 아니, 여인이었다.

"……!"

소리없는 탄성이 밤공기를 타고 사방으로 퍼졌다. 이 자리에 있는 어느 누구도 일찍이 서해영과 같은 여인을 본 자가 없었다.

달도 가려 어두운 밤.

그녀 홀로 낮이요, 빛이었다.

마, 검, 독. 단숨에 삼왕의 이목을 빼앗은 서해영이, 붉은 입술을 열었다.
 "지금 당장 당신의 여자가 되겠어요."

　　　　　　　　　　　　　　　　　『천검무결』 4권 끝

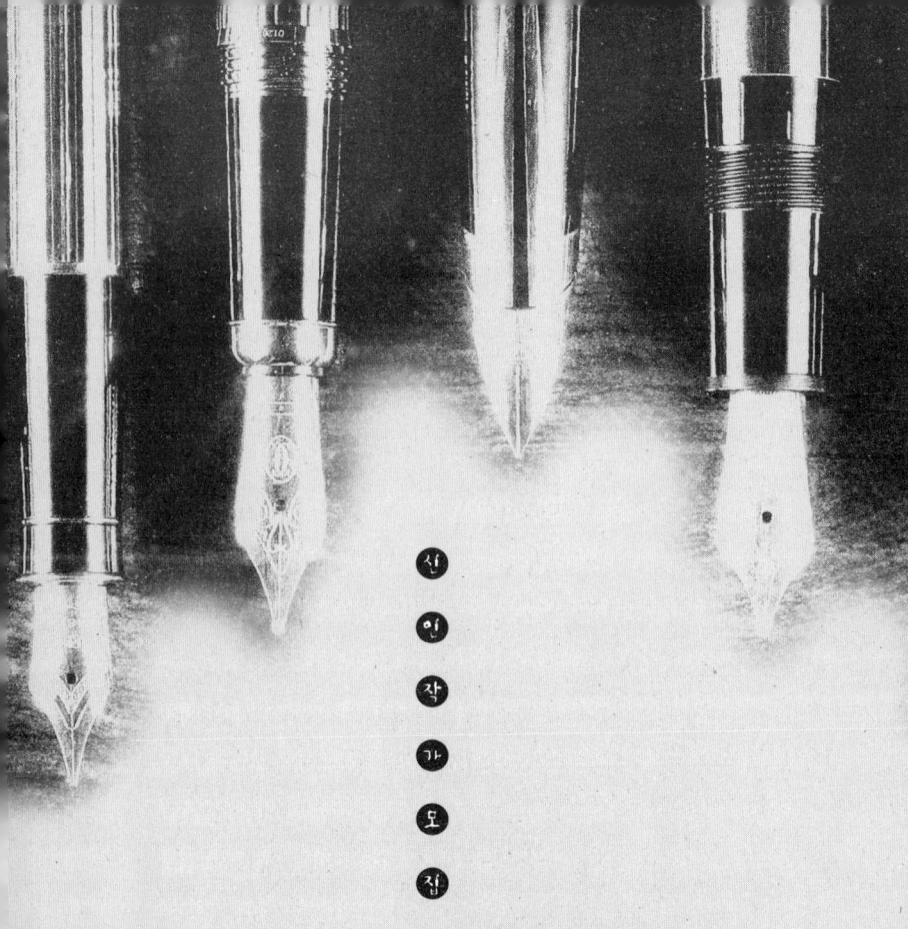

시작이 반이라고 했습니다.
작가의 길에 대한 보이지 않는 벽을 과감히 깨뜨리십시오!
청어람은 작가 지망생 여러분들의
멋진 방향타가 되어드리겠습니다.

저희 도서출판 청어람에서는
소설 신인 작가분들을 모집합니다.
판타지와 무협을 사랑하시는 분들의 많은 참여를 바랍니다.
소정의 원고(A4용지 150매)를 메일이나 우편으로 보내주시면
검토 후 출판 여부를 알려드리겠습니다.

주소:경기도 부천시 원미구 심곡1동 350-1 남성B/D 3F 우편번호420-011
TEL:032-656-4452 · **FAX**:032-656-4453
http://www.chungeoram.com
e-mail:chungeoram@chungeoram.com

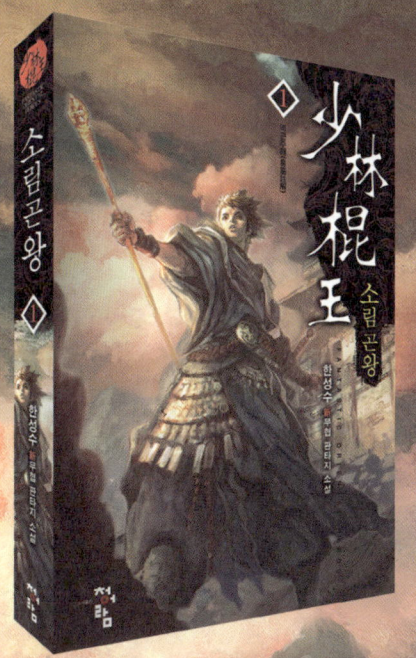

少林棍王
소림곤왕

한성수 新무협 판타지 소설

감동의 행진을 멈추지 않는 작가 한성수!
구대문파 시리즈의 두 번째 이야기 『소림곤왕』!!
그 화려한 무림행이 펼쳐진다

"너는 지금부터 날 사부님이라 불러야만 하느니라.
소림사의 파문제자인 나, 보종의 제자가 되어서 앞으로 군소리없이 수발을 들고 모진
고통을 이겨내며 무공 수련을 해야만 한다."

잡극계의 천금공자 엽자건!
소림의 파문제자 보종의 제자가 되다!!

역사와 가상.
실존의 천하제일인과 가상의 천하제일인에 도전하는 주인공!
이제부터 들어갑니다. 부디 마음껏 즐겨주시기 바랍니다.
- 작가 서문 중에서.

유행이 아닌 자유추구 -
WWW.chungeoram.com
BOOK PUBLISHING CHUNGEORAM

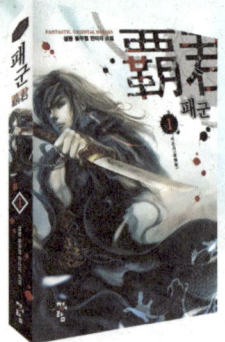

覇君
패군

설봉 新무협 판타지 소설

**무협계를 경동시킨 작가, 설봉!
그가 다시금 전설을 만들어간다!!**

수명판(受命板)에 놓고 간 목숨을 거둔 기록 이백사십칠 회!
생사를 넘나드는 전장에서 매번 살아 돌아오는 자, 계야부.
무총(武總)과 안선(眼線)의 세력 싸움에 끼어들다!

"죽일 생각이었으면 벌써 죽였다. 얌전히 가자."
"얌전히, 그 말…… 나를 아는 놈들은 그런 말 안 써."
무총은 그를 공격하지 않는다. 공격할 이유가 없다.
다른 사람들은 그의 존재조차도 알지 못한다.
오직 한 군데, 안선만이 그를 안다.
필요하면 부르고, 필요치 않으면 버리는
철면피 집단이 다시 자신을 찾아왔다.

나, 계야부! 이제 어느 누구에게도 휘둘리지 않겠다!!

유행이 아닌 자유추구 -
WWW.chungeoram.com
Book Publishing CHUNGEORAM

天劍無缺
천검무결

매은 新무협 판타지 소설

그리고, 전설은 신화가 되어……

한 시대에 한 사람.
언제나 최강자에게로 수렴하던 역사의 흐름이 끊겨 버린 땅.
그 고고한 물길을 자신에게로 돌리려는 욕망의 틈바구니에서
전설은 태어난다.
교차하는 검기, 어지러운 혈향을 뚫고 하늘에 닿아라!

- 유행이 아닌 자유추구 -
WWW.chungeoram.com
Book Publishing CHUNGEORAM

야차(夜叉) 新무협 판타지 소설

鬼刀風月
귀도풍월

원수를 가르치고 원수에게 배워…
서로의 심장에 칼을 겨누는 것이
숙명인 저주받은 도법,

수라도(修羅刀).

그 기원을 알 수조차 없을 만큼 수많은 세월을 이어져 내려온 이 도법은
새로운 피의 숙명을 잉태하였다.

저주받은 피의 고리를 끊어버릴 것인가,
체념한 채로 운명에 순응할 것인가.

유행이 아닌 자유추구 -
WWW.chungeoram.com
Book Publishing CHUNGEORAM